SAUVÉS PAR LES OURS

SOUS LA PROTECTION DES OURS
TOME 1

SKYE MACKINNON

TRADUCTION PAR
MARIANE PLET , VALENTIN TRANSLATION

Peryton Press

TABLE DES MATIÈRES

PROLOGUE

Londres et New York ont sombré dans les premiers. Berlin et Mumbai ont rapidement suivi.

Autrefois, les villes étaient construites près de la mer pour avoir accès aux ressources et au commerce. Désormais, leur emplacement les menait à leur perte.

Ce qui devait prendre des années, voire des décennies est arrivé en quelques mois. Lorsque le permagel de la toundra russe a fondu pour la première fois depuis des dizaines de milliers d'années, des milliards de tonnes de méthane ont été libérés. Ce gaz s'est élevé dans l'atmosphère et a provoqué un effet de serre plus important que tout le CO_2 produit par l'homme depuis la révolution industrielle. Le changement climatique a été mis sous stéroïdes. Les calottes glaciaires ont rapidement disparu et le niveau des mers a augmenté.

La Grande-Bretagne a sombré. Tout ce qui reste aujourd'hui dans le nord est un groupe d'îles qui constituaient autrefois les Highlands d'Écosse. La plupart sont clôturées et isolées. Lorsque l'Immersion a débuté, la société s'est effondrée. Les banquiers et les politiciens n'étaient plus nécessaires. C'était il y a treize ans, je m'en souviens à peine.

Aujourd'hui, nous devenons agriculteurs, artisans, cuisiniers, mécaniciens. Et guérisseurs, comme moi. Il n'y a plus d'universités, alors au lieu d'être médecins, nous formons des guérisseurs. C'est une nouvelle forme de médecine – en fait, une forme ancienne. Nous sommes revenus au Moyen Âge. Pas d'appareil de radiographie, pas de chirurgie stérile, pas d'antibiotique en dehors des quelques flacons qui nous restent. À la place, j'apprends les bienfaits des herbes, des racines et des fleurs qui pourraient m'aider à soigner mes patients. Le seul chirurgien de l'île essaie de m'enseigner ce qu'il sait, mais sans laboratoire, ordinateur et robot, il a du mal. Je ne sais pas ce qui se passera lorsque tous les médecins formés dans l'ancien monde seront morts.

Je suis une anomalie. Sur l'île du Salut, il est prévu que vous quittiez l'école à quatorze ans et que vous apportiez votre contribution à la société. Et si vous êtes une fille, vous êtes censée vous marier. Et mettre au monde des enfants, autant que possible. Jusqu'à présent, j'ai été épargnée. Mais plus maintenant.

CHAPITRE
UN

Hier soir, mon oncle m'a dit que j'allais épouser Marcus. Il ne m'a pas demandé mon avis. C'était une déclaration. Ce qu'il décrète fait foi. Même s'il s'agit de marier sa nièce au plus offrant. Curieusement, je m'étais convaincue que ce jour n'arriverait jamais. Qu'il considérerait ma formation médicale comme une priorité plus importante que la croissance démographique de l'île. Mais ce n'est pas du tout le cas. Non. Une femme est précieuse – pour l'homme qui la possède. En me donnant à un homme, mon oncle obtiendra quelque chose en retour. Du pouvoir. De l'influence. De la loyauté. Et apparemment, c'est plus important que d'avoir une guérisseuse pour soigner son peuple. Au moins, je ne suis pas une très jeune mariée. J'ai appris la *bonne* nouvelle une semaine après mon vingtième anniversaire. Quelle chance !

Parfois, j'aimerais avoir des cousins à qui il pourrait imposer ses désirs, ce qui me laisserait peut-être du répit. Mais il n'a jamais réussi à engendrer d'enfants lui-même. Je devrais peut-être m'en réjouir.

Hier soir, après me l'avoir dit, il m'a enfermée dans ma chambre. Elle n'a pas de fenêtre, mon oncle est trop malin pour cela. Il sait que je ne resterais pas si je n'y étais pas obligée. En dehors de notre sang, rien ne me lie à lui.

Très peu de personnes ont été autorisées à quitter l'île. Généralement des hommes qui ont trouvé une femme ailleurs et qui ont promis de leur envoyer des ressources. Parfois, ils réussissent même à échanger une femme contre une autre sur une île majoritairement féminine. Toutes les îles ne sont pas aussi majoritairement masculines que la nôtre.

Et puis il y a les personnes qui sont parties sans permission. Je n'en connais que deux : George, âgé d'une quarantaine d'années, était devenu le principal adversaire de mon oncle. Il n'était pas d'accord avec sa façon de diriger l'île. Il voulait une démocratie plutôt qu'une tyrannie, mais bien sûr, mon oncle n'aimait pas cette façon de penser. Une nuit, George a disparu en prenant l'un des bateaux. Nous avons retrouvé son corps échoué sur la plage quelques jours plus tard. Je ne sais toujours pas s'il est parti et a chaviré ou s'il a été tué. Connaissant mon oncle, je soupçonne presque la seconde hypothèse.

L'autre personne qui s'est échappée était Julie. Enfant, je l'admirais, même si elle n'avait que quelques années de plus que moi. Mais pour moi, elle était parfaite. Elle inventait les jeux les plus incroyables et n'hésitait pas à jouer des tours aux adultes. Mes parents étaient morts peu de temps auparavant, et elle m'avait témoigné l'amour et la gentillesse que je pensais avoir perdus. Quand j'ai grandi, elle est devenue mon amie. Nous faisions tout ensemble. Mon oncle n'aimait pas ça ; je pense qu'il désapprouvait mon comportement : on me voyait courir librement au lieu d'être la petite nièce discrète qu'il aurait voulu avoir. Il limitait de plus en plus mon temps de jeu, mais chaque fois que je réussissais à me faufiler à l'extérieur, je rejoignais Julie.

Cependant, à son seizième anniversaire, mon oncle lui a annoncé qu'elle devait se marier. Elle a refusé. Sa mère aussi, mais en tant que femme, elle n'avait pas son mot à dire. Le père de Julie était mort pendant l'Immersion, et en tant que mère célibataire, elle était considérée comme la dernière des dernières.

Mon oncle a décidé de faire plaisir aux hommes de l'île en organisant une vente aux enchères – dont Julie était l'enjeu. Dix hommes ont enchéri sur elle au cours de la cérémonie la plus humiliante à laquelle j'aie assisté. Elle se tenait sur l'estrade de la salle communautaire, tremblante, tandis que les hommes la lorgnaient comme un bout de viande. Je me tenais au fond de la salle, pleurant en silence de voir mon amie si avilie. Elle avait toujours été la plus forte, mais maintenant, elle était réduite à une pleurnicheuse sous l'emprise de mon oncle.

L'homme qui l'a remportée n'a pas attendu la cérémonie de mariage. Il l'a tout de suite ramenée chez lui, ses amis l'encourageaient pendant qu'il l'attrapait par les cheveux et la tirait dans la rue. J'ai pleuré toute la nuit.

Le lendemain matin, elle n'a pas quitté la maison de son nouveau mari, le surlendemain non plus. Le troisième jour, je me suis faufilée par une fenêtre. Elle était allongée sur le lit taché, le bras ligoté à un poteau. Son visage était couvert d'ecchymoses et du sang maculait les oreillers. Son regard transpirait la honte, et j'avais beau lui dire que tout irait bien, aucune de nous deux n'y croyait.

Je l'ai détachée et elle m'a serrée dans ses bras en tremblant avant de sortir par la fenêtre. Elle a disparu, tout comme l'un des bateaux. Mon oncle était furieux. Il n'avait pas la preuve que j'avais libéré Julie, mais il m'a quand même punie pour cela.

Il a promis à l'homme qui avait maltraité mon amie qu'il aurait une autre femme.

Et aujourd'hui, il a tenu sa promesse. La femme, ce sera moi. Il donne sa seule nièce à l'homme qui a battu ma meilleure amie. Devinez pourquoi je suis bouleversée, en ce moment.

J'ai passé toute la matinée dans la chambre et la moitié de l'après-midi à lire un vieux livre d'anatomie, pour essayer d'oublier que je suis vendue au plus offrant comme du bétail. Que ce soir, je vais devenir une épouse et, si tout se passe comme prévu par mon oncle, une mère.

Aujourd'hui est un jour spécial, car c'est le solstice d'hiver, le jour le plus court de l'année. Et probablement le plus froid. Le jour de mon mariage. Tout le monde a revêtu ses plus beaux habits pour la fête. La nuit est presque tombée et les torches illuminent le ciel. Des lampions pendent aux arbres et des bougies scintillent sur les longues tables de bois dressées sur la place du village.

Ce sera la plus grande fête organisée depuis le solstice d'été. J'aimerais pouvoir en profiter autant que les gens qui dansent au son des violons tout autour de moi. Mais je suis assise sur un banc, je claque les dents à cause du froid, le regard plongé dans une chope de bière presque vide. C'est la boisson forte de Mitch, et je sens déjà mon esprit s'embrouiller. Peut-être qu'avec assez d'alcool, je pourrai passer cette nuit sans tuer quelqu'un. Ou sans me suicider.

Je me lève et me dirige vers la table la plus proche. Jane y est assise, entourée d'hommes qui gardent les bouteilles de whisky. Elle me lance un sourire triste. Elle a vécu la même chose que ce qui m'attend. Seulement, comme elle n'est pas tombée enceinte, elle a été confiée à un autre homme. Et encore un autre. Maintenant que tout le monde sait qu'elle est stérile, elle est libre. Seuls les hommes les plus importants de l'île sont autorisés à avoir une descendance, mais si ce danger n'existe pas... J'espère presque que Marcus réussira à me mettre enceinte. Sur cette pensée joyeuse, j'attrape l'une des bouteilles et me retourne pour rejoindre mon banc. La nuit va être longue.

Une demi-bouteille de whisky plus tard, mon oncle monte sur l'estrade. Tous les regards se tournent vers lui.

— Ce soir, ma nièce bien-aimée, Isla, va se marier... bla-bla-bla... Je suis sûr que vous lui souhaitez tous le meilleur... bla-bla...

Je m'en fiche. Tout est flou. Je veux partir. Je me lève et m'éloigne. Personne ne me voit glisser dans l'obscurité. Je trébuche et manque de déraper sur la fine couche de neige qui recouvre le sol. Tout le monde est à la fête. Peut-être que les bateaux sont laissés sans surveillance. Ils ne le sont jamais, en général. J'arrive à la plage. Et j'oublie les bateaux. La mer n'est plus liquide. C'est de la glace. Une épaisse couche de glace. Waouh, c'est arrivé quand ?

La glace m'appelle. Je ne vois pas bien loin, un épais brouillard recouvre tout. Il y a des îles au loin, j'ai vu les cartes. Beaucoup d'entre elles sont inhabitées, mais je peux peut-être survivre ? Je sais survivre. C'est ce que j'ai fait ces vingt dernières années.

Je me déplace prudemment sur la glace. Elle est épaisse et ne cède pas. Je saute un peu. Pas de fissures. Elle semble sûre. Je jette un dernier coup d'œil derrière moi. Des feux brûlent au loin et des rires emplissent l'air. Ma maison. Plus maintenant. Je ne peux pas rester. Je ris toute seule. Je ne sais pas trop pourquoi, mais j'en ai envie.

Je continue mon ascension. Parfois, je trébuche et je chancelle. Mais cela n'a pas d'importance tant que je m'éloigne de l'île. Dans l'obscurité. Je suis fatiguée. Et j'ai froid, très froid. Mon oncle m'a imposé de porter ma plus belle veste, mais elle est fine et n'est pas faite pour l'hiver. Je frissonne. Je suis fatiguée. J'ai sommeil. Je me retourne. L'île a disparu. J'ai dû marcher un moment. Je devrais peut-être m'asseoir ? Juste un instant, une petite pause.

La glace n'est pas aussi froide que je le pensais. Elle est en fait assez chaude et douce. Confortable. J'étire mes jambes et je regarde mon souffle se transformer en nuages. De petits nuages doux et mignons. Si je respire rapidement, je peux faire plein de petits nuages. Des nuages. Qui aurait cru que respirer pouvait être aussi amusant ?

Je devrais peut-être bouger. Mon oncle pourrait déjà être à ma recherche. Mais la glace est douillette et j'ai sommeil. Je n'ai pas envie de marcher. C'est épuisant. J'ai bien mérité de me reposer. Je pourrais faire un lit avec la neige sur la glace. En faire un matelas bien moelleux. Ou mieux encore, un canapé. Un canapé en neige. Je m'esclaffe. C'est encore mieux que de faire des bonshommes de neige ! Je racle de la neige aussi loin que mes bras peuvent l'atteindre pour en faire un tas. Ce n'est pas grand-chose. Je devrais me lever pour attraper plus de neige. Mais je suis fatiguée. Je devrais dormir. Peut-être que je peux dormir sans lit ? La glace n'est pas si froide que ça, finalement. Toute ma vie, j'ai cru qu'elle était glacée. Mais ce n'est pas le cas. Peut-être que c'est une glace spéciale ? Juste pour moi. Je souris au ciel brumeux et remercie les dieux de la neige pour leur bonté.

Des bruits me dérangent avant que je ne m'endorme. Des cris au loin. Des aboiements – de chiens ? Il faut que je parte. Je me lève en trébuchant et commence à marcher. Enfin, plutôt à tituber. Mes jambes ne bougent pas comme elles sont censées le faire. Elles sont dures, j'ai l'impression de marcher sur des échasses. Un pied devant l'autre.

Maintenant que je marche, je n'ai plus chaud. En fait, je suis gelée. Je touche mes joues avec mes doigts, mais je ne sais pas ce qui est le plus froid, ma peau ou mes mains. Tout est froid. Penser commence à me faire mal. Le brouillard s'épaissit à nouveau et je ne suis pas sûre d'aller dans la bonne direction. Je m'éloigne toujours de l'île ? Ou je tourne en rond, comme les gens perdus dans le désert ? Je ne vois pas d'étoiles pour me guider. Je suis seule, une silhouette solitaire recouverte de neige et de brouillard.

C'était peut-être une mauvaise idée. J'aurais peut-être dû rester. Mais je me souviens de l'haleine fétide de Marcus et je ne regrette rien. Mieux vaut mourir gelée que d'être vivante enchaînée à cet homme horrible. Je ne doute pas que mon oncle m'aurait enchaînée à Marcus s'il avait su que j'étais en train de m'enfuir. S'il m'attrapait maintenant, je ne serais plus jamais libre. Il ne tient pas à sa nièce comme un oncle devrait le faire. Je ne suis qu'une marchandise qu'il peut échanger à sa guise.

Tous ces repas que j'ai préparés pour lui... maintenant, je regrette de ne pas y avoir ajouté de la belladone. Une mort douce et douloureuse.

Les bruits derrière moi ont cessé, mais je traîne. J'ai perdu toute sensation au niveau du visage et mes paupières menacent de se figer. Des larmes gelées collent à mes joues. Je ne sais pas combien de temps je pourrai encore avancer.

Le ciel s'éclaircit. Est-ce simplement le brouillard qui se lève ou le jour qui pointe enfin le bout de son nez ? Mes jambes continuent de marcher, tandis que mon esprit dérive. Si je meurs maintenant, la mer m'avalera-t-elle une fois que la glace aura fondu ? Est-ce que je vais couler au fond de l'océan et me décomposer lentement ? Est-ce que les poissons mangeront ma chair ?

Le brouillard se dissipe. On distingue quelque chose au loin. La terre.

Des fissures parcourent la glace, en forme d'éclairs. Il y en a partout. Je regarde vers le bas, elles sont de plus en plus grandes. L'eau coule à travers, elle fait fondre la neige qui recouvre la glace. J'aperçois quelque chose dessous. Je me penche, cligne des yeux pour enlever le givre de mes cils. Un visage... Je fixe mon propre visage en train de se noyer. La glace se fissure et je tombe, je tombe dans les profondeurs, et – il n'y a pas d'eau. Je suis à genoux sur la glace. Pas de fissures. Je deviens sûrement folle.

Je rampe. Ce n'est plus très loin.

La terre.

Dans ma stupeur, je sais que je ne peux pas m'allonger dans la neige. Je trouve un arbre tombé. Un lit. Je m'y effondre et m'abandonne à la blancheur de l'hiver.

CHAPITRE
DEUX

Je n'ai plus froid. En fait, je suis bien au chaud. J'ai un peu mal, mais je suis en vie.

Quelque chose de doux m'entoure et réchauffe mon visage. Je cligne des yeux. L'orange et le rouge irradient derrière mes paupières. Un feu au milieu de – où je suis ? J'essaie de me redresser, mais je ne peux pas bouger. Je suis bloquée ! Je panique. Dans mon esprit confus, il me faut une minute pour penser à baisser la tête. Je soupire de soulagement. Je suis enveloppée dans des fourrures, beaucoup de fourrures. J'ai vraiment l'air d'une chenille. J'essaie de sortir un bras du burrito de fourrure, puis l'autre, et je m'assois. Je suis allongée au milieu d'une pièce en bois – plafonds en bois, murs en bois, plancher en bois, étagères et meubles en bois. Ça sent même le bois. Tout est brun et rustique, d'une manière charmante. Au milieu de la pièce se trouve un foyer. C'est un peu dangereux d'avoir un foyer ouvert dans une maison en bois, si vous voulez mon avis. Mais il fait chaud, alors je m'en fiche. Après la nuit dernière, tout ce qui m'importe, c'est de ne plus avoir froid.

Je m'extrais du reste des fourrures – et je remarque que je suis en sous-vêtements. *Rien qu'en* sous-vêtements. Celui qui m'a déposée dans cet endroit a dû me déshabiller. J'espère que c'était une fille. Je l'espère vraiment. Aucun homme ne m'a jamais vue nue. Ce n'est pas convenable. Je cherche frénétiquement dans la cabane quelque chose pour me couvrir – quelque chose qui ne soit pas de la fourrure. Aussi chaudes soient-elles, je transpire déjà à cause de la température ambiante. Derrière la cheminée se trouve une grande fenêtre (avec un cadre en bois, bien sûr) qui donne sur un paysage enneigé. La maison semble être à la lisière d'une forêt. Je ne connais pas beaucoup d'îles boisées ; je n'ai jamais vu autant d'arbres au même endroit.

Des stalactites pendent à l'extérieur, beaux et mortels. J'ai soigné un jour un patient qui avait été touché à la tête, et j'ai toujours eu un grand respect pour eux. À ma gauche, je découvre une table et des chaises assorties, apparemment faites à la main. Et là, sur la table, mes vêtements, soigneusement pliés. De toute ma vie, je n'ai jamais été aussi heureuse de voir des vêtements. Ils n'ont rien de spécial, mais ils *couvrent*.

Après les avoir enfilés, je poursuis mon exploration. Deux portes se font face. L'une doit mener à l'extérieur, à en juger par les éclaboussures de boue sur le sol. Je n'ai aucune envie de ressortir dans le froid, alors je décide d'explorer le reste de la maison. L'autre porte mène à une petite cuisine – si l'on peut appeler cuisine un réchaud de camping, une armoire bancale et quelques assiettes empilées par terre. Disons plutôt une salle de cuisson. C'est beaucoup mieux.

Une échelle mène en haut par un trou dans le plafond. Est-ce un grenier ?

. . .

Un grincement signale l'ouverture de la porte d'entrée.

— Il y a quelqu'un ? lance une voix masculine. Merde, où...

Un homme entre dans la pièce. Wouah ! Il est magnifique. Ses cheveux blonds tombent sur les cils épais qui entourent ses yeux bleu pâle, sa mâchoire est carrée juste comme il faut, et ses belles lèvres pulpeuses disent :

— Te voilà ! Je craignais que tu ne sois sortie. Il fait froid, dehors, et tu aurais pu te perdre facilement. J'ai failli me perdre quand on est arrivés ici, il n'y avait pas de chemin, tu comprends ?

Je le regarde fixement. Il est réel ?

— Désolé, je n'ai pas l'habitude des inconnus et je bafouille. Désolé. J'arrête, maintenant.

Il marque une pause, puis sourit.

— Comment tu te sens ?

— Je suis... euh... qui es-tu ?

— Oh, je suis désolé ! Je m'appelle Finn. Finnean, en fait, mais tout le monde m'appelle Finn, m'informe-t-il en faisant une petite révérence, ce qui me fait le fixer encore plus. Et à qui ai-je le plaisir de parler ?

— Isla, je m'appelle Isla. Tu habites ici ?

Il regarde autour de lui comme s'il n'était pas tout à fait sûr de quelque chose. Puis il acquiesce.

— Oui, mes amis et moi. Ils sont dehors pour l'instant, mais ils ne devraient pas tarder à revenir...

Il semble encore distrait.

— C'est toi qui m'as trouvée sur la plage ?

— Quoi ? Non, c'était Torben, le... mon ami. Il se promenait quand il t'a vue allongée dans la neige. Tu avais l'air terriblement frigorifiée. Et terriblement jolie. Argh ! Désolé, ça fait longtemps que je n'ai pas parlé à une fille.

Il me sourit, penaud. Il me fait signe de le suivre dans le salon. Le feu m'appelle et je m'assois sur les fourrures à côté de lui. La lumière du foyer fait paraître ses cheveux presque dorés. Il est beau, d'une manière douce et angélique. Un ange avec pas mal de muscles – *arrête, Isla.* Il pourrait être n'importe qui. Je veux dire, qui vit sur une île avec seulement des amis ? Comment ils survivent ?

Il se racle la gorge. Adorable.

— Alors, qu'est-ce qui t'a amenée sur cette île ?

— Eh bien, j'ai dû quitter ma maison et la mer était gelée. J'ai donc commencé à marcher et j'ai fini par arriver ici. Je n'ai pas vraiment réfléchi. C'était probablement une erreur, mais... je ne pouvais pas rester là-bas.

— Pourquoi ? demande-t-il doucement, alors que ses yeux rencontrent les miens.

— J'étais censée faire quelque chose que je ne voulais pas faire, avoué-je en riant froidement.

D'accord, on dirait plutôt une enfant qui ne voulait pas faire ses corvées.

— En fait, mon oncle voulait que j'épouse un homme de notre communauté. Et je ne voulais pas. Cet homme... il me fait peur. Je ne pouvais pas rester.

Il me regarde toujours droit dans les yeux, et j'ai l'impression qu'ils lui en ont appris bien plus que mes paroles sur ce qui m'a amenée ici.

— Pourquoi ton oncle t'y obligerait ? Je suppose que vous n'êtes pas proches ?

— Proches ? Non, pas vraiment. Je pense qu'il me voit seulement comme une jeune femme célibataire qu'on peut vendre. Il ne reste pas beaucoup de femmes sur notre île, et encore moins de femmes assez jeunes pour avoir des enfants. La population de l'île vieillit et on a besoin de jeunes travailleurs pleins d'énergie et qui peuvent être modelés...

Je m'arrête, surprise d'avoir répété les paroles de mon oncle. D'habitude, je suis si prudente, enregistrant tout ce que j'entends lorsqu'il reçoit des hommes pour des réunions. Ce type et ses yeux bleus me pèsent. J'évite son regard et tourne la tête vers la fenêtre derrière lui – où je découvre une autre paire d'yeux, grands et bruns, entourés de fourrure, beaucoup de fourrure. Je crie.

Finn se retourne et se relève avant même que je ne le voie bouger. Il se penche en avant, prêt à sauter, quand il aperçoit ce que je vois. Un gros ours noir qui s'enfuit. Je n'ai jamais vu un vrai ours, mais il ressemble exactement à ce que montrent sur les photos. Gros, hirsute, effrayant.

Finn laisse échapper un rire aigu.

— Je vois que tu as rencontré l'un de nos... voisins.

— Vos... voisins ? Ils ne sont pas dangereux ?

— Non, pas une fois qu'on a appris à les connaître. En fait, ils sont plutôt câlins.

Il rit, et je m'apprête à lui adresser un sourire incrédule lorsque je vois un ours blanc sortir de la forêt et poursuivre l'ours noir.

— C'est un ours polaire ? Ici ? En Écosse ?

— Euh, oui, je suppose, déclare-t-il en haussant les épaules. Il a dû nager jusqu'ici.

Je suis sur le point de l'interroger davantage lorsque la porte s'ouvre, claquant contre le mur, sur un homme massif. Énorme. Géant. Immense. Je n'arrive pas à trouver un mot pour décrire sa carrure. Il est tout en muscles saillants qui déchirent presque le t-shirt noir qu'il porte. Attendez, un t-shirt ? Il gèle dehors, et il ne porte – presque rien. Je frissonne rien qu'en le regardant.

— Tu as froid ? me demande Finn, inquiet, derrière moi.

Il a dû me regarder de très près pour voir la chair de poule sur mon corps.

— Je vais bien. Euh... qui es-tu ?

— Je pourrais te demander la même chose, grogne le géant.

On dirait une montagne qui sourit à la rosée du matin.

— Tu es une fille mystérieuse. Tu avais l'air morte et gelée. Maintenant, tu as l'air... vivante. Tu as faim ?

C'est seulement maintenant que je vois le poisson qu'il tient dans l'une de ses mains surdimensionnées.

— Oui, je crois. Merci.

Il me regarde d'un air confus, puis se racle la gorge.

— Il n'y a pas de quoi. Je crois.

Ses chaussures laissent des traces humides sur le sol en bois lorsqu'il entre dans la cuisine.

— C'est Ràn, murmure Finn. Tu as de la chance, il est dans l'un de ses bons jours et il parle.

— Il se promène toujours en t-shirt ?

Finn rejette la tête en arrière et rit.

— D'habitude, il est encore moins vêtu.

— Mais c'est l'hiver ! Il n'a pas froid ?

— Il a un assez bon métabolisme, dit-il en riant. Maintenant, où on a mis les assiettes ?

J'indique la cuisine.

— Il y en avait par terre.

— Ah oui ! Je ne pense pas que quelqu'un les ait utilisées depuis un certain temps. Mais un petit rinçage et ce sera bon.

Les hommes !

Ràn revient de la cuisine, le poisson gît dans une énorme casserole en fer, à présent dépouillé de ses écailles. Ses yeux laiteux me regardent. Je n'ai pas l'habitude de manger beaucoup de poisson ni de viande, en général. Mon oncle n'aime pas que les gens utilisent les bateaux pour pêcher. Il craint sûrement qu'ils ne reviennent pas. Nous avons quelques poules sur l'île, mais elles sont surtout gardées pour leurs œufs et ne sont abattues que pour les grandes occasions. Comme le solstice d'hiver.

Ràn place un engin en fer forgé au-dessus du foyer, puis y dépose la casserole. Cela me donne l'eau à la bouche. La dernière fois que j'ai mangé quelque chose, c'était juste avant que mon oncle ne me parle de ses projets. Après cela, mon appétit s'est évanoui. Deux jours sans manger. Comment se fait-il que je sois encore debout ?

Finn met un morceau de poisson dans une assiette et me la tend. Il s'esclaffe quand je la lui arrache des mains. *C'est pour moi !* C'est incroyable. Je ne sais pas comment Ràn a réussi à rendre un poisson aussi bon sans utiliser d'autres ingrédients. Mon assiette se vide bien trop vite. Un nouveau morceau apparaît de nulle part – d'accord, le grand brun l'a mis. Il me jette un autre regard confus. Apparemment, il ne connaît pas d'autres filles qui aiment manger. Ou peut-être des filles en général.

Maintenant que le poisson nage joyeusement dans mon estomac, la fatigue m'enlace comme une bonne amie. Je bâille et remue sur les fourrures pour être plus à l'aise. Je devrais peut-être reprendre l'apparat de la chenille. Mais je devrais probablement demander à l'un des hommes de me border. Et ce serait embarrassant. Je ne les connais même pas.

Je suis trop fatiguée pour m'en soucier. Je me blottis dans les fourrures et je profite de la chaleur que le feu apporte à ma peau. Confortable.

Je me réveille lentement en clignant des yeux. Un pâle soleil d'hiver passe à travers une fenêtre au-dessus de moi. Je ne connais pas cette fenêtre. Je regarde autour de moi. Je ne connais pas cette pièce. Je suis dans une sorte de grenier, sous les combles. Il me faut un moment pour me souvenir. La mer gelée, la marche, le poisson. Surtout le poisson. J'ai de nouveau faim. Je regarde autour de moi et trouve l'échelle qui descend, cachée derrière une étagère basse. Lorsque je pose le pied sur le premier tapis, j'entends des voix. Des voix d'hommes. Je comprends à peine ce qu'elles disent ; elles doivent être dans le salon. Instinctivement, je reste sur l'échelle. J'aime bien écouter aux portes.

— Elle a des soupçons ? demande une voix profonde, pleine d'autorité.

Une voix à qui tu dirais tout ce qu'elle veut entendre.

— Je ne pense pas. Je lui ai dit qu'on vivait près de l'endroit où les ours vagabondent, mais qu'ils ne représentaient pas une menace. Je pense qu'elle m'a cru, s'esclaffe Finn.

— Bien. Il faut que ça continue comme ça. On ne veut pas qu'elle s'enfuie parce qu'elle a peur. La mer est en train de dégeler et ce n'est pas sûr. La fille restera avec nous pour l'instant, et elle ne doit pas le découvrir. On va devoir établir un programme. Combien de temps tu peux rester sous cette forme ?

— Six heures, répond une nouvelle voix, un grognement amical.

Comme Ràn, mais moins… sombre.

— Cinq heures, l'informe Finn.

— Six heures aussi, déclare Ràn.

Il a utilisé un mot de plus que Finn. Je n'arrive pas à y croire.

— Pour moi, sept heures. Ça signifie que certains d'entre nous feront deux gardes par jour. Je prends le premier tour, mais on doit d'abord se présenter. Elle n'a rencontré que deux d'entre nous. Il va falloir trouver une excuse pour justifier notre absence permanente de la maison.

Finn s'esclaffe à nouveau.

— Et si on disait qu'on se transforme en ours pendant notre temps libre et qu'on ne peut pas rester humains plus de quelques heures ?

Je commence à apprécier le sens de l'humour de Finn. Il semble légèrement obsédé par les ours, mais il y a pire.

— J'ai dit une excuse, pas la vérité !

Pas la vérité. Quoi ? Non ! La voix sérieuse fait une blague. Une plaisanterie que je ne saisis pas.

— Pourquoi pas ? demande Finn. Ce n'est pas si étrange, il y a des tas d'histoires sur les loups-garous, et on n'est pas si différents.

— Des histoires. On est réels, grogne Ràn.

Je ne pense pas que Ràn ait un grand sens de l'humour. Oh, c'est pas vrai ! Des ours. Des ours-garous. Les ours mangent les humains, n'est-ce pas ? C'est pour ça qu'ils veulent que je reste. Une source de nourriture à portée de main. J'ai été si bête d'entrer dans leur tanière !

Je me précipite dans le grenier et cours jusqu'à la fenêtre. Si je ne peux pas sortir par la porte d'entrée sans passer devant les ours, je vais devoir faire preuve d'imagination. Heureusement, elle est facile à ouvrir. Je glisse prudemment une chaise sous l'ouverture en essayant de ne pas faire de bruit. Les ours ont-ils une bonne ouïe ?

Le toit est recouvert d'une bonne épaisseur de neige. La couche supérieure s'est transformée en glace qui se fissure en petits éclats lorsque mes pieds la foulent. Avec précaution, je me dirige vers le bord du toit. C'est haut, mais la neige en contrebas devrait amortir la chute. La voix grave a dit que la mer était en train de dégeler, mais je suis légère, je trouverai peut-être encore un endroit où je peux traverser.

Je regarde vers le bas. Je ne suis pas une grande fan de la hauteur. En fait, elle me fait peur. Elle est douloureuse – enfin, la finalité, l'atterrissage.

— PUTAIN, REVIENS ! crie quelqu'un derrière moi.

Je saute.

Le sol ne m'aime pas. Je ne l'aime pas non plus.

Une douleur me traverse la cheville droite au moment de l'atterrissage. Je sens quelque chose craquer. Ce n'est pas bon signe. Curieusement, mon corps n'a pas compris le message, alors j'essaie de m'enfuir de la cabane, mais ma jambe me lâche et je me retrouve dans la neige. Frustrée, je me bats contre la ouate sous mes pieds. Elle était censée amortir ma chute. La douleur me fait monter les larmes aux yeux, qui se transforment aussitôt en minuscules stalactites dégoulinant de mes cils.

Quelque chose de gros tombe à côté de moi et projette de la neige en l'air. Quelqu'un de grand. À travers la douleur, je vois un Viking agenouillé à mes côtés. Je dois avoir des hallucinations.

— Ne bouge pas. Où tu as mal ?

Mon esprit est submergé par la mer, les vagues s'écrasent contre mes tympans. Tout est flou, tout bouge. C'est plus effrayant que la douleur. Mes oreilles sont remplies de rugissements et le monde tremble.

— Tu m'entends ? Isla ?

L'émotion dans sa voix intense vient de monter d'un cran.

Je gémis et cligne des yeux pour retrouver la vue. Le Viking est toujours là. Ses cheveux blonds lui tombent sur les épaules ; quelques mèches ont été tressées et ornées de perles de bois. Sa barbe tressée le fait paraître plus âgé que ne le laisse supposer sa peau lisse. Ses yeux bleus me regardent avec inquiétude. Une ride fait son apparition entre ses sourcils que je ne peux m'empêcher de regarder. Elle ne devrait pas être là, sa peau est lisse. Elle est toujours là, ou seulement quand il fronce les sourcils comme maintenant ?

— Arrête de faire cette tête, marmonné-je, essayant encore de me débarrasser du bruit dans mes oreilles.

Il me regarde avec incrédulité.

— Tu tombes d'un toit et tu me dis la tête que je dois avoir ?

Oui, dit comme ça, ça n'a pas de sens.

— Húnn, ramène-la à l'intérieur.

Il se lève et un autre homme s'avance. Je pense d'abord qu'il s'agit de Ràn, mais même s'il lui ressemble, ses cheveux sont un peu plus foncés et il est un peu moins impressionnant – un peu. Il est tout de même beaucoup plus grand que la plupart des hommes normaux.

— Ne t'inquiète pas, chérie, tout ira bien, murmure-t-il en me prenant dans ses bras.

Je crie alors que la douleur part de ma cheville et remonte dans ma jambe.

— Chut ! grogne-t-il, comme s'il tentait de calmer un bébé.

J'essaie de trouver quelque chose à dire, mais je n'en ai pas l'énergie.

Il me ramène dans la maison. Lorsque nous passons la porte, il appuie son dos contre le cadre de la porte pour éviter de me cogner. Je suis surprise par sa douceur. Pour sa taille, il est incroyablement précautionneux.

Il me dépose sur les fourrures, celles sur lesquelles je me suis réveillée hier. La boucle est bouclée. Sauf que cette fois-ci, quatre grands types intimidants me regardent. Finn, Ràn, l'homme que je suppose être son frère et le Viking. Je n'arrive toujours pas à me faire à leur immensité. Et à quel point ils sont sexy – mais non, rappelle mon cerveau à mes ovaires, ce sont des ours, des prédateurs, et même s'ils ont l'air gentils maintenant, ils veulent probablement juste m'engraisser pour me manger.

Le Viking s'agenouille à mes côtés. Encore une fois, il a cette ride entre les yeux. Mais cette fois, je reste silencieuse. Je n'ai pas besoin de me mettre à nouveau dans l'embarras.

— Où tu as mal ?

Je pointe le doigt vers mes jambes.

— Ma cheville, je l'ai entendue craquer.

— Ailleurs ? Ta tête ?

— Ma tête va bien.

Finn éclate de rire et je lui lance un regard noir.

Le Viking remonte doucement mon pantalon et passe ses mains sur ma cheville. Je tressaille. Il s'arrête et me jette un regard étrange, mais je l'ignore, alors il continue. Ses mains sont chaudes, presque brûlantes. Il soulève doucement mon pied et le fait tourner d'avant en arrière jusqu'à ce que je crie.

— Désolé. Elle n'est pas cassée, c'est probablement juste une entorse. Il faut la refroidir pour éviter qu'elle ne gonfle et l'immobiliser. Finn, va chercher de la neige. Húnn, vois si tu peux trouver des bandages. Ràn, j'ai besoin de quelques morceaux de bois.

Ils acquiescent et disparaissent. Je suis seule avec le Viking.

— Euh, qui es-tu ? osé-je enfin demander.

— Je m'appelle Torben. Ce que tu saurais si tu n'avais pas été assez stupide pour sauter du toit avant de nous rencontrer, Húnn et moi.

Je grimace, gênée. Il a raison, c'était ridicule. Mais ensuite...

— Vous êtes vraiment... Je veux dire...

— Crache le morceau.

— Des ours ?

— Oui, avoue-t-il en haussant les épaules, comme si c'était la chose la plus normale au monde.

— Et... vous ne me mangerez pas ?

Il me fixe du regard, les yeux rieurs, puis sa bouche suit. Il rugit de rire.

— C'est donc ça ? Tu crois qu'on va te *manger* ? Désolé, chérie, malgré tes courbes, tu n'as pas de quoi satisfaire la faim d'un ours.

Je pousse un soupir de soulagement.

— Au moins, pas cet appétit-là, ajoute-t-il au dernier moment.

Il me lance un sourire de loup – d'ours ? – et je rougis. Pourquoi ils me font rougir ? J'ai pourtant déjà côtoyé d'hommes. En fait, comme il y avait peu de filles de mon âge sur l'île du Salut, j'ai passé la plupart de mon temps avec des garçons. Mais aucun d'entre eux n'était aussi... intense. Immense. Effrayant. Sexy. Non, cerveau, ne pense pas à ça ! Pas sexy. Je ne pense pas comme ça. Je ne suis pas ce genre de fille. Maintenant, arrête de baver.

Finn est le premier à revenir, chargé d'une serviette dégoulinante. Il la pose délicatement sur ma cheville. Le froid traverse le tissu duveteux et apaise ma douleur presque instantanément. Une douleur que j'avais presque oubliée avec toutes ces histoires d'ours et d'appétits.

— C'est mieux comme ça ? demande-t-il.

— Absolument, dis-je, en n'émettant qu'un léger gémissement.

Les deux frères entrent dans la pièce, ce qui la rend tout de suite plus exiguë. Pendant qu'ils s'assoient autour du feu, Torben stabilise ma cheville en la serrant entre deux planches de bois, autour desquelles il enroule les bandages. Quand il a terminé, il remet la serviette humide dessus.

— Comment va la douleur ?

— Moins intense, la glace me soulage.

— C'est bien. Parlons.

Il s'assoit juste à côté de moi ; je sens la chaleur qui émane de son corps. Ce doit être un truc d'ours.

Nous sommes tous assis en silence. J'attends que Torben prenne la parole, mais il se contente de regarder les flammes. Je ne supporte pas le silence. J'ai besoin de réponses.

— Alors, vous êtes des ours. Comment ça fonctionne ? Comment vous pouvez être humains et ours ? Vous êtes humains, n'est-ce pas ?

Húnn s'esclaffe.

— On est métamorphes, chérie. On peut passer d'une forme à l'autre. Dans notre cas, des ours. On...

— Il y a d'autres animaux ? Comme les loups-garous ?

Finn soupire.

— Oui, comme les loups-garous. Pourquoi toutes les histoires sont sur les loups ? C'est une minorité, mais curieusement, c'est à eux que revient toute la gloire.

— C'est mieux ainsi, affirme Torben. C'est déjà assez difficile de garder le secret sans que les humains soupçonnent l'existence d'autres métamorphes.

Ràn grogne quelque chose, je vois ses muscles trembler sous son t-shirt moulant.

— Vas-y, on se débrouillera, ordonne le Viking.

Ràn acquiesce et sort précipitamment de la cabane. Torben doit être le chef de cette meute. Attendez, les ours forment une meute ? Non, je me rappelle, ça s'appelle autrement. Une horde. Je m'en souviens parce que la première fois que je l'ai lu, j'ai cru qu'il s'agissait d'une orque.

Lorsque la porte se referme, je crois entendre un rugissement à l'extérieur. Mais ce n'est peut-être que le vent.

— Il s'est transformé ? demandé-je en espérant me tromper.

Bizarrement, je n'arrive toujours pas à imaginer que c'est réel.

— C'est l'hiver, c'est la période d'hibernation, dit Torben. L'ours en nous se bat pour sortir. Les métamorphes n'ont pas besoin de dormir tout l'hiver, mais l'ours est la forme dominante pendant cette période. Il nous est difficile de rester humains plus de quelques heures. Je suis surpris que Ràn ait réussi à tenir aussi longtemps.

— Combien de temps avant qu'il puisse se retransformer ?

— Quelques heures, à peu près. S'il revient trop tôt, il ne pourra pas rester humain longtemps. C'est pourquoi on ne peut pas tous rester avec toi en même temps. On va se relayer pour qu'il y ait toujours quelqu'un à tes côtés.

— Je peux me débrouiller seule, vous n'avez pas besoin de faire ça. Je suis assez grande.

— Pas après le coup que tu nous as fait tout à l'heure, se moque-t-il. Je ne veux pas que tu te casses autre chose. Tu es humaine, tu es fragile.

— Tout le monde ne peut pas être un nounours géant.

— Est-ce que tu viens de...

Il se met à rire, et les autres se joignent à lui. Finn a le rire le plus joyeux, comme une petite cloche, contrairement au rire profond des autres.

— Finn, Húnn, montrez-lui à quoi ressemblent les nounours, ordonne-t-il.

Les deux garçons acquiescent et se lèvent. Finn commence à déboutonner son jean et j'écarquille les yeux. Il ne va pas se déshabiller devant moi, quand même ? Heureusement, Torben est du même avis que moi.

— Faites ça dehors, vous n'avez pas besoin d'effrayer davantage notre invitée.

Húnn fait jouer ses muscles et sourit.

— Tu es sûr que ça lui ferait peur ?

— Dehors ! commande Torben, la voix teintée d'humour.

Avec un sourire provocateur de Húnn, ils sortent de la cabane, et laissent entrer dans la pièce une bouffée d'air froid mélangé à de minuscules flocons de neige. Soudain, une fourrure atterrit sur mes épaules. Je lève les yeux et vois Torben qui l'enroule habilement autour de moi. C'est peut-être lui, l'auteur de la chenille ? La fourrure est douillette – celle des ours sera-t-elle aussi douce ?

Quelque chose tape contre la porte et le Viking se lève pour l'ouvrir. Un énorme museau doré s'approche, suivi d'un magnifique corps poilu. La fourrure du premier ours est presque de la même couleur que les cheveux blonds de Finn, je suppose donc que c'est lui. J'essaie de me lever, mais mon garde du corps m'en empêche en me prenant dans ses bras. Il faut vraiment que ces hommes arrêtent de faire ça. Il m'assoit sur ses genoux, le dos contre son torse, ses mains agrippent mes cuisses. J'ignore à quel point c'est agréable.

Il nous accompagne à l'extérieur – les ours ne passent pas dans le cadre de la porte. Il fait froid, mais heureusement, j'ai encore la fourrure autour des épaules. Et Torben est aussi une très bonne source de chaleur.

Trois ours massifs nous attendent dehors. Je n'ai jamais vu un vrai ours, mais ils sont certainement plus petits que ces trois-là. L'ours doré – Finn – est légèrement plus petit que les ours brun foncé qui se trouvent à côté de lui. Ils s'approchent et leur haleine fouette mon visage. Je tends la main pour caresser celui qui est presque noir, mais il recule.

— Ràn n'aime pas qu'on le touche quand il se transforme en ours, me chuchote Torben à l'oreille.

Cela soulève tout un tas de questions, mais lorsque Finn presse sa tête dorée contre ma main, elles disparaissent. Sa fourrure est beaucoup plus douce que je ne l'avais imaginé. Je passe mes doigts dans les longs poils autour de son cou. Il grogne doucement, ce qui m'évoque le ronronnement d'un chat. Ses grands yeux bruns m'observent avec curiosité.

Soudain, il recule et me lèche la main. Beurk ! Avant que je ne puisse le gronder, il se retourne et court dans la forêt, suivi par les deux frères. La neige est projetée en l'air à l'endroit où leurs grosses pattes touchent le sol. Je crois que je n'ai jamais rien vu de plus beau que ces ours qui chahutent entre les arbres.

Après leur départ, Torben me ramène à l'intérieur et m'installe avec précaution sur les fourrures. Il semble que ce soit devenu ma place.

Il met quelques bûches dans le feu et s'assoit à côté de moi. Nous regardons tous les deux les flammes, nous observons le brasier qui s'empare du nouveau bois.

— Il y a longtemps, l'Écosse était notre maison, commence mon acolyte sans prévenir, la voix lointaine. Des centaines de métamorphes vivaient dans les Highlands, certains en secret, d'autres dans des villages avec les humains. Puis il y a mille ans, tout a changé. Les ours ont disparu de ce pays. Personne ne sait pourquoi, mais je pense qu'ils ont été chassés jusqu'à ce qu'il n'en reste plus. Les ours métamorphes se sont alors retrouvés face à un dilemme. C'était leur maison, mais les humains s'en apercevraient s'ils continuaient à voir des ours autour d'eux. Ils sont donc partis. La plupart sont allés en Scandinavie et se sont créé un nouveau foyer. Comme mes ancêtres. Mais curieusement, ça n'a pas marché. De moins en moins d'oursons naissaient, et notre population diminuait. Au moment de l'Immersion, il n'en restait plus que quelques dizaines. Nos cousins du Canada ne s'en sortaient pas mieux. L'Immersion a détruit nos villages. Certains se sont installés plus loin dans les montagnes et ont laissé derrière eux les fjords qui avaient été immergés. Au bout d'un certain temps, ma horde et moi avons décidé de partir. On est donc venus en Écosse, pour voir les terres que nos ancêtres avaient parcourues. Bien sûr, les choses étaient différentes à l'époque. Des collines verdoyantes à la place de l'océan, des sommets escarpés à la place des îles. On a voyagé d'île en île, à la recherche de traces qui nous permettraient de savoir où vivaient les ours métamorphes. Mais le temps et l'Immersion en ont effacé la plupart. On a erré longtemps, jusqu'au moment où on a rencontré une famille qui vivait seule sur une minuscule île qui, autrefois, aurait fait partie de l'île de Skye, sur la côte ouest. Ils nous ont parlé d'un endroit appelé Coire nam Brach, le Cirque des Ours. Une montagne transformée en île. On n'a rien trouvé, mais maintenant qu'on avait découvert un lieu au nom gaélique lié aux ours, on avait un nouvel objectif. J'ai été surpris par le nombre de personnes qui parlent encore le gaélique ici.

— Ma mère le parlait couramment, l'interromps-je. Mais elle n'a jamais eu la possibilité de me l'enseigner.

Torben attend un moment, mais comme je ne dis rien d'autre, il continue :

— On a trouvé une grotte à Lag nam Brach, le Vallon de l'Ours, à moitié immergée, qui semblait avoir été habitée par des métamorphes. Et enfin, on a entendu parler d'Inchbrach, l'île aux Ours. On est ici depuis quelques mois, à la recherche d'indices. Je n'ai pas beaucoup d'espoir, pas après tous nos échecs. Et on ne sait même pas si c'est la bonne île. Évidemment, il n'existe aucune carte correcte de l'Écosse post-Immersion. Mais l'hiver est arrivé, alors on a décidé de rester.

— Pourquoi tu ne gardes pas ta forme d'ours pendant l'hiver ? Ce ne serait pas plus facile ?

— Lorsqu'on laisse sortir l'ours en nous, ça nous change. On devient plus sauvages, plus féroces, plus animés par nos instincts. Plus on reste ours, moins on est humains.

— Oh !

C'est tout ce que mon cerveau me permet de formuler.

Nous restons ensuite tranquillement assis à regarder le feu. Même si la chaleur est agréable, ma cheville recommence à faire des siennes. Lorsque j'essaie d'éloigner ma jambe du feu et que je grimace, Torben se lève immédiatement et sort pour rapporter de la neige. Ma poche de glace précédente a fondu il y a un moment – ce n'est probablement pas une bonne idée près d'un feu.

— Mettons-nous à l'aise, dit Torben doucement.

Je lève les yeux vers lui, surprise par la douceur de sa voix. Peut-être que cet ours peut être câlin, après tout.

— Tu veux dormir ici ou sur le matelas à l'étage ?

— Je choisirais bien l'étage, mais je ne pense pas pouvoir monter l'échelle avec ma cheville...

— Si tu veux dormir dans le grenier, tu dormiras dans le grenier. Ne t'inquiète pas, on t'y emmènera.

Il me soulève avec précaution, ses bras puissants se glissent sous mes genoux et mes épaules. Je frissonne un peu à son contact. Je n'ai pas l'habitude d'être autant touchée, mais je commence à aimer ça. Il me presse contre sa poitrine et je peux le *sentir*. Les pins, la neige, un soupçon de gaillet. Je ne sais pas ce que sentent les ours, mais j'imagine que c'est différent de cette odeur masculine et délicieuse. Je viens d'utiliser le mot délicieux ? Je ne le pensais pas, promis !

Lorsque nous atteignons l'échelle, il me positionne sur son dos, ma cheville blessée devant lui, pour pouvoir la voir. Je suis stupéfaite de sa prévenance. Barreau par barreau, nous montons l'échelle. Lorsque nous atteignons la trappe dans le plafond qui mène au grenier, Torben plie soigneusement ma jambe afin d'éviter que ma cheville ne heurte le bois.

Enfin, je suis sur le lit. Ma cheville me brûle, maintenant. Le

Viking rajuste la serviette humide, mais cela n'aide pas autant qu'avant. C'était peut-être une mauvaise idée de monter ici. Pourquoi j'ai encore voulu dormir à l'étage ? Oh oui ! Pour avoir un peu d'intimité loin des hommes. Ce qui est logique. Ça avait du sens. Mais maintenant, j'ai mal.

Torben est assis par terre, le dos appuyé contre le matelas. J'ai tellement envie d'ajouter d'autres tresses à ses cheveux blond clair ! Il a vraiment l'air d'un Viking. Il ne lui manque plus qu'une hache et un drakkar. Comment ils sont arrivés sur l'île ? Ils ont un bateau quelque part ? Ou ils sont venus à la nage comme des ours ?

Enfin, la douleur de ma cheville s'atténue un peu. Par contre, la température de la neige commence à me faire frissonner. La fine couverture que Torben a mise sur moi ne suffit pas à empêcher l'air froid de pénétrer ici. Un feu serait le bienvenu. Maintenant, je regrette totalement ma décision. Je préfère la chaleur à l'intimité.

— Tu frissonnes, déclare Torben, qui s'est retourné et me regarde.

La ride entre ses yeux est revenue.

— Je vais te chercher des fourrures.

Pendant qu'il descend l'échelle, j'étale la couverture autour de moi, afin d'en tirer plus de chaleur. Pire. Décision. Dans un sens, c'est aussi sa faute. Il n'était pas obligé d'écouter mes mauvaises idées. Au fait, il ne doit pas bientôt se transformer ? Il est humain depuis un bon moment maintenant, et si ce qu'il a dit est vrai, ce ne doit pas être agréable de se forcer à rester sous cette forme pendant longtemps.

La tête de Torben apparaît dans l'ouverture.

— Húnn viendra bientôt pour rester avec nous.

— Comment tu... il est en bas ?

— On peut communiquer par télépathie lorsqu'on est en ours.

Bien sûr qu'ils le peuvent ! Je suis bête.

— Alors, tu t'es transformé quand tu étais en bas ? demandé-je.

— En tant que chef de horde, je peux communiquer avec les autres même quand je suis humain.

C'est plutôt intéressant. Cependant, je ne suis pas sûre que j'aimerais être contactée par mon chef lorsque je suis libre comme un ours. La vie privée et tout ça. Mais je ne pense pas que ces ours sachent ce que c'est. Ils n'ont qu'un seul lit. Comment ils dorment, d'habitude ?

— Tu ne dois pas te transformer bientôt ?

— Je vais essayer de résister un peu plus longtemps jusqu'à l'arrivée de Húnn.

Son corps est tendu, et la ride sur son front s'accentue.

— Tiens tes fourrures, essayons de te réchauffer.

Il détourne le regard, mais tant que j'ai chaud et qu'il ne se transforme pas en ours pour me manger, je m'en fiche. Je frissonne encore. Il enroule les fourrures autour de moi en prenant soin de ne pas toucher ma cheville.

— J'ai aussi demandé à Húnn d'apporter un peu plus de neige.

— C'est vraiment nécessaire ? J'ai tellement froid !

— Tu sais quoi ? Enfreignons les règles.

Et il arrache sa chemise. Waouh ! Je ne m'attendais pas à ça. Et je ne sais pas trop quoi en penser. Qu'est-ce qu'il prépare ? C'est gentil de sa part de m'offrir cette vue – il n'est pas aussi large d'épaules que Ràn, mais son torse est plus tonique et plus dessiné. Je pourrais compter ses abdominaux, si je voulais. Ce qui n'est pas le cas. Quand il enlève sa ceinture et déboutonne son jean, je détourne le regard. C'est mieux pour ma santé mentale. Même s'il se déshabille alors que je suis allongée sans défense dans le lit, je n'ai pas peur. Je devrais peut-être. Mais curieusement, j'ai confiance en lui.

Torben gémit, et je décide de lui faire face.

Un ours se trouve dans la pièce. Et pas n'importe lequel. Un ours polaire. Sérieusement ? Bien sûr, il devait être spécial. Il est aussi grand que ses compagnons. Son corps est recouvert d'une longue fourrure blanche qui vire au jaune pâle vers ses jambes... euh... pattes. Ses yeux sombres me regardent avec impatience. Il s'attend à ce que j'aie peur ? Je ne lui donnerai pas cette satisfaction. Au lieu de cela, je me redresse et je lui tends la main. Il se contente de me regarder, mais je garde la main en l'air. Lentement, il s'avance et met son museau noir juste sous mes doigts, sans me toucher. Je sens son souffle chaud contre ma peau. Il renifle l'air et, pour une raison que j'ignore, je me sens un peu gênée. Personne ne m'a jamais reniflée auparavant. Enfin, son museau touche ma main. Il n'est pas aussi humide qu'il en a l'air, mais chaud et doux. Sa fourrure n'est pas aussi douce que celle de Finn, mais elle n'est pas rugueuse non plus. Je passe mes doigts dans la fourrure de sa tête. Il se penche vers moi et m'encourage à continuer. Quand je le gratte entre les oreilles, il grogne soudain et je saute presque du lit. L'ours – Torben – secoue sa grosse tête dans ma direction, puis la place à nouveau sous ma main. Apparemment, son grognement signifie qu'il aime ça. Je me demande quels sons il fait s'il n'aime pas.

Sa fourrure est chaude, et la peau en dessous l'est encore plus. Curieusement, cela contrebalance le froid qui remonte le long de ma jambe. Maintenant que j'y pense, je frissonne. Torben le remarque. Il se tourne et soudain, un ours polaire de centaines de kilos est allongé à côté de moi. Il se déplace et fait reposer une partie de son corps sur le matelas. J'ai un ours polaire dans mon lit. Je ne pensais pas pouvoir dire cela un jour. Un ours polaire très chaud, doux et confortable. Déjà à moitié endormie, je me blottis contre lui. Sa poitrine vibre à chaque respiration lente. Une sorte de berceuse.

CHAPITRE
QUATRE

Je me réveille au son du vent qui hurle. Il fait froid et je me blottis contre l'oreiller chaud à côté de moi. Ne quittons pas le lit, aujourd'hui. Il fait bon et chaud, ici, c'est confortable et...

L'oreiller bouge. Je crie et j'ouvre les yeux.

Des yeux bleus et ensommeillés me regardent.

— Cauchemar ?

Euh, non, il y a quelqu'un dans mon lit. Un oreiller qui parle. Aussi connu sous le nom de Torben. Et je suis blottie contre lui. Et il est chaud parce que... Oh non ! Je sens sa peau. Il est nu ! Je me souviens maintenant qu'il était couché à côté de moi, en ours. Il a dû se déplacer à un moment de la nuit. Ce n'est pas réel. Je ne suis pas au lit avec un homme nu. Je remarque alors que je suis toujours en train de le câliner, le bras gauche enroulé autour de son torse et mes jambes dangereusement proches des siennes. Sa peau sur la mienne. Sa chaleur qui monte jusqu'à mon co... Non. Je roule loin de lui, oubliant que j'ai une cheville blessée. Je crie et gémis de douleur.

Torben se retourne, ce qui permet à l'air frais d'atteindre ma peau réchauffée.

— Tu vas bien ?

— C'est juste ma cheville, j'ai bougé un peu trop vite.

— En essayant de t'éloigner de moi ?

Oh non, il peut lire dans mes pensées ! Un esprit qui n'est pas du tout habitué à être aussi proche d'un homme. Dans notre communauté, dès l'âge de douze ans, nous n'avons pas le droit de passer du temps seules avec des garçons. Et comme il n'y avait que deux autres filles de mon âge, je passais beaucoup de temps seule. C'est nouveau pour moi de partager un lit avec un homme... je ne sais pas encore si c'est bien ou mal.

Il me regarde avec impatience. Il faut que je trouve quelque chose à dire.

— Tu caches ton drakkar ?

D'accord, ce n'était peut-être pas la bonne chose à dire. Il va penser que je suis folle.

— Un drakkar ? Pourquoi tu penses qu'on a un drakkar ?

— Euh... hésité-je, avant de marmonner quelque chose d'incohérent à propos des Vikings.

Torben laisse échapper un rire.

— Ce n'est pas parce qu'on vient de Scandinavie qu'on est des Vikings.

— Mais... tu leur ressembles.

Et voilà ! Noyez-moi dans l'embarras.

Il rit encore plus fort.

— Tu penses vraiment que j'ai l'air d'un Viking ?

— Eh bien, tu as la barbe, les cheveux et le...

— Le quoi ?

Le corps ! Au lieu de cela, je dis quelque chose de stupide comme *la voix*.

— Je n'ai pas seulement l'air d'un Viking, j'ai aussi la voix d'un Viking ?

Je crains qu'il n'arrive plus à respirer à force de rire. Ses joues pâles sont devenues rouges ; j'aime ça.

— Il faut que je raconte aux autres que tu penses qu'on est des Vikings...

— Non ! m'empressé-je de dire. Seulement toi... alors, gardons ça pour nous.

Son regard change, l'amusement se transforme en quelque chose d'autre, de plus intense.

— Oui, petite humaine, ce sera notre secret.

— Ne m'appelle pas humaine comme...

— Comme quoi ?

— Comme un être différent.

— Eh bien, je ne suis pas humain. Mais tu es une humaine mignonne, alors, pourquoi je ne le dirais pas ?

— Parce que...

Attendez, il vient de me dire que je suis mignonne ? Impossible ! Un métamorphe viking dans mon lit qui me dit que je suis mignonne. Il faut que je me réveille. Et si ce n'est pas un rêve, je dois sortir de ce lit avant... Je ne veux même pas y penser.

Heureusement, la voix de Húnn me sauve de toute pensée interdite.

— Le petit-déjeuner est prêt !

En réponse, mon estomac gronde. Torben ricane.

— On aurait presque dit que tu as un ourson en toi.

Je ne daigne pas lui répondre et me contente de le pousser

pour le faire sortir du lit. Et je ne sais pas comment, je le touche un peu plus bas que le dos. Oups ! Ses fesses sont douces et musclées à la fois. Miam – c'est mal ! Vraiment mal. Je décolle ma main rapidement et la tapis sous la couette, sous laquelle je suis tentée de me cacher jusqu'à la fin du monde. Ce que j'aurais dû faire, parce que Torben se lève. Et il ne porte aucun vêtement. Et je vois tout. Vraiment tout. Des parties que je ne devrais pas voir, que je n'ai jamais vraiment vues auparavant. Du moins, pas de cette taille. Enfin, chez un homme de cette taille. Mon esprit est au bord de l'explosion. Mes cornées ne pourront jamais ne pas voir ça. Pourquoi le voudraient-elles ? murmure une petite voix à l'intérieur de mon cerveau. Je l'ignore. Je suis une bonne fille. Je ne regarde pas les organes génitaux des hommes – ils sont tous aussi gros ? S'il vous plaît, que quelqu'un m'assomme ! Je n'en peux plus.

— Tu aimes ce que tu vois ?

Mon visage est brûlant et je me cache sous les couvertures. J'aurais dû le faire il y a longtemps. Cela m'aurait épargné un milliard de moments d'embarras.

Il rit et je grimace. Les hommes ne devraient pas être autorisés à se promener nus. Cela devrait être une règle. Je l'entends fouiller dans la chambre et j'ose jeter un coup d'œil hors des couvertures. Il est habillé – enfin, il a un pantalon. Pour ces hommes, c'est très habillé. Il me fait une révérence moqueuse.

— Votre carrosse vous attend.

Je me souviens de ma cheville. Il veut me porter en bas sans chemise ? Non merci.

— Tu ne veux pas t'habiller d'abord ? suggéré-je timidement.

Il me lance un regard méchant.

— Mais j'ai chaud. En plus, je n'ai pas de beaux hauts ici.

— Ça ne me dérange pas que tu portes un haut pas très beau. Vraiment, ça ne me dérange pas.

Il rit encore, mais finit par ramasser un t-shirt noir par terre et l'enfile. Je peux enfin respirer à nouveau. Et toute cette torture avant même que je n'aie pris mon petit-déjeuner !

Heureusement, je porte encore mes vêtements. Je décide de ne pas essayer de me changer tant qu'il est dans la pièce – il ne détournerait jamais le regard, même si je le lui demandais plusieurs fois. Et je ne vais pas le supplier. Ils devront s'accommoder d'une humaine qui sent mauvais. Après tout, je dois faire face à des hommes... musclés, de grande taille, qui se transforment en ours.

Je sors de sous la couverture, je la soulève avec précaution de ma cheville blessée. Elle palpite doucement, à la frontière entre la courbature et la douleur. Je peux peut-être demander à l'un des garçons en bas de me faire une autre compresse de neige. Torben s'accroupit devant moi pour que je puisse grimper sur son dos. Je sens ses muscles durs sous son t-shirt. Son odeur d'épine-vinette me picote le nez – d'une manière très agréable. Lorsque nous arrivons à l'échelle, je le serre plus fort. C'est juste parce que j'ai peur de tomber, vraiment. Pas parce que j'aime le sentir contre ma poitrine et entre mes cuisses – non, c'est tout à fait déplacé. Lorsque nous atteignons le rez-de-chaussée, je remue afin qu'il repose par terre. Je sautille dans le salon sur une jambe – c'est bien mieux que de m'accrocher à lui comme un singe en manque.

Húnn est assis près de la cheminée, une assiette remplie de

brochettes de viande à côté de lui. D'autres grésillent sur un gril au-dessus du feu. Il me sourit.

— Bonjour, chérie.

— Bonjour. Et ne m'appelle pas comme ça.

— Mais tu sens si bon, chérie ! Je ne pense pas pouvoir m'arrêter, à moins que tu ne changes de parfum. Et ce ne serait pas une bonne idée.

Je renifle mes vêtements. Ils ne sentent pas mauvais, du moins pas dans le mauvais sens du terme. C'est juste qu'ils sentent plus... moi que la lessive.

Il sourit à nouveau et me donne une brochette. Je ne sais pas exactement de quelle viande il s'agit, mais elle est délicieuse.

— Vous mangez autre chose que de la viande ?

Ils échangent des regards comme si c'était la chose la plus idiote qu'ils aient jamais entendue.

— Il y a de la nourriture qui n'est pas de la viande ? s'étonne Torben. Comment une telle chose peut exister ?

Je lui lance ma brochette vide. Il l'attrape en plein vol, et c'est à mon tour de le fixer du regard.

— J'aime le miel, ajoute Húnn.

— C'est très... ours.

Nous rions, et même Torben esquisse un sourire. Un sourire qui n'est pas provocateur ou dégoulinant de sarcasme pour une fois.

— Tu peux me donner une autre brochette ? lui demandé-je. Honey ? ajouté-je, pour faire bonne mesure,

Húnn me regarde comme un prédateur regarde une souris. Torben s'ébroue.

— Elle est drôle. Et mignonne. Je suis content que tu n'aies pas gelé, petite humaine.

Je ne leur accorde pas un regard et me concentre sur mon petit-déjeuner. La viande est juteuse, mais pas sanguinolente. Je me demande si Húnn l'a attrapée quand il était transformé. Je l'imagine alors qu'il enfonce ses griffes dans un cerf, que ses crocs déchirent la chair... Étrangement, cela ne me dérange pas. Ce qui est vraiment très étrange. Je n'ai jamais aimé la violence et la cruauté. Mais après les avoir vus en tant qu'ours, en tant que prédateurs, je distingue de temps en temps leurs traits bestiaux sous leur apparence humaine.

— Quels sont les projets pour aujourd'hui ? demande Húnn.

La question s'adresse clairement à Torben.

— Je vais courir...

Je suis presque sûre que cela signifie qu'il a besoin de se transformer.

— ... et Ràn vous rejoindra dans un instant.

— Je n'ai pas besoin de deux nounous, protesté-je.

— Non, mais eux d'une, rétorque le Viking en souriant, ce qui me fait ricaner.

Húnn nous regarde d'un air renfrogné.

— Ils sont frères, et ça se termine parfois en combat.

— En bagarre, le coupe Húnn. En léger désaccord.

— En saccage.

— En dispute.

— En guerre.

Avant que Húnn ne puisse trouver un autre terme pour ses désaccords apparemment mineurs avec son frère, Ràn entre, claquant la porte contre le mur. Apparemment, il n'est pas ami avec elle. Ni avec le mur. Il a des amis ? À en juger par son air renfrogné permanent, c'est peu probable.

— Je te laisse avec eux, dit Torben en enlevant son t-shirt.

Sérieusement ?

Les yeux fixés sur Húnn, j'essaie d'ignorer le bruit de la fermeture éclair. Ràn s'installe à côté de son frère et prend deux brochettes à la fois. Elles disparaissent plus vite que Torben ne se déshabille.

Lorsque la porte se referme derrière l'ours viking, je pousse un soupir de soulagement. Je peux maintenant me détendre.

Deux paires d'yeux presque identiques me regardent. Peut-être pas.

Pendant que Ràn mange – dévore – le reste des brochettes, je regarde par la fenêtre, j'aimerais être dehors. Le vent a chassé les nuages et le soleil est sorti. La forêt scintille de neige sur les arbres. Mais je suis coincée à l'intérieur avec deux frères capables de se transformer en ours géants. Húnn et Ràn. Si semblables et pourtant si différents. Húnn s'esclaffe en regardant son frère manger. La mine renfrognée de Ràn a un peu disparu, mais je ne l'ai pas encore vu esquisser un sourire.

Húnn est le plus sombre des deux, mais à quelques nuances près. Ils sont aussi corpulents l'un que l'autre, mais au moins, Húnn porte une chemise. Ràn semble avoir une relation conflictuelle avec les vêtements. Il est encore pire que Torben. Si seulement il n'était pas beau, mon regard ne serait pas attiré sans relâche par son torse musclé. J'imagine que son frère a la même allure sous sa chemise.

— Tu es un vrai glouton, se plaint celui-ci.

Son frère ne répond pas, mais prend la dernière brochette. Une seconde plus tard, la viande a disparu. Rassasié, Ràn se penche en arrière, la plus petite trace d'un sourire flirte avec ses lèvres. Sans son air renfrogné, son visage est magnifique. Des traits masculins, une mâchoire carrée, un nez parfait, les contours doux d'une barbe... Arrête de baver, Isla ! C'est un ours. Un grand méchant ours qui mange des humains au petit-déjeuner. Qui a dit que ce n'était pas de la chair humaine sur ces brochettes ?

— Euh, c'était quoi, comme viande, sur les brochettes ? demandé-je innocemment.

— De l'écureuil, il n'y a pas grand-chose d'autre sur cette île, dit Húnn avec un sourire malicieux. C'est l'une de mes viandes préférées.

Ràn donne soudain un coup de poing dans l'épaule de son frère. Húnn grimace.

— D'accord, ce n'était pas de l'écureuil, admet-il. Je voulais juste voir ta réaction. Mais tu n'as pas réagi. Tu ne te comportes pas comme une fille, tu le savais ?

Maintenant, c'est moi qui vais le frapper. Souriant, Ràn s'adosse au mur, étirant ses longues jambes afin que ses pieds soient près du feu. Nous restons assis en silence.

— Alors, vous faites quoi quand vous n'êtes pas en ours ? demandé-je, pour essayer d'entamer une conversation.

Même si je n'ai pas beaucoup d'espoir d'y parvenir.

— On parle, dit Ràn, ce qui me donne presque une crise cardiaque.

Ràn qui parle de parler – les dieux de l'ironie doivent s'en donner à cœur joie.

— On boit, ajoute Húnn.

— Rien d'autre ? Et des jeux ?

— Oui, ça aussi. Généralement des jeux à boire.

Logique.

— On lit.

Une fois de plus, Ràn me surprend. Je ne m'attendais pas à

ça. Mais bon... c'est plutôt mignon, même si j'ai du mal à l'imaginer avec un livre dans ses immenses mains.

Notre conversation semble se terminer avant même d'avoir commencé. Je regarde à nouveau par la fenêtre, je me demande si Torben s'amuse à courir dans la neige. Finn doit être dehors aussi.

Et je suis coincée avec les deux plus ennuyeux.

Quand je remarque que j'ai envie de faire pipi, c'est presque un soulagement d'avoir une excuse pour me lever. Lorsque j'essaie, Húnn est à mes côtés et m'aide à me redresser. Je lui adresse un sourire reconnaissant. C'est assez étonnant de voir à quel point une cheville blessée peut être un obstacle.

— Merci. Je pense que je peux aller jusqu'aux toilettes toute seule.

— Non, je vais t'aider.

Il me prend dans ses bras et se dirige vers la porte – et me cogne les jambes contre le chambranle. Je hurle de douleur. Avant même qu'il ne puisse ouvrir la bouche, un grognement secoue la pièce. À travers les larmes qui me montent aux yeux, je me retourne et je vois un ours qui nous charge. Ses yeux sont sauvages sous sa fourrure sombre et hirsute.

Húnn me laisse tomber sans ménagement. Aïe !

— Fait chier ! grogne-t-il.

Dans un bruit de tissu déchiré, son corps humain s'étire et se comprime – il n'y a pas d'autre façon de l'expliquer – de sorte qu'une seconde plus tard, un grand ours brun se tient debout sur un tas de tissu qui était autrefois une très belle chemise et un très beau jean.

Ours-Húnn se lève sur ses pattes arrière, se cogne la tête contre le plafond. Le bois craque et la poussière tombe. Je me presse contre le mur, effrayée à l'idée de devenir un dommage collatéral dans cette bataille de géants qui s'annonce. Ràn donne un coup de patte massif à Húnn, qui l'esquive plus vite que je ne l'aurais cru possible pour un ours de sa taille. Il se met à nouveau à quatre pattes et toute la maison tremble. Il appuie ses épaules sur la tête de son assaillant et tente de le repousser. Celui-ci se presse contre son frère, ses muscles grossissent.

Ils sont à égalité et aucun des deux ne recule. Ràn grogne, sa gueule ouverte montre des dents effrayantes et acérées. Retour à la réalité. Dois-je traîner avec des types qui peuvent se transformer en mammifères géants, effrayants et dangereux ? Húnn riposte en grognant et en frappant l'épaule de Ràn. Il mord son frère, qui pousse un grognement. Des gouttes de sang apparaissent dans son pelage brun foncé. Ràn recule et contourne la cheminée. Húnn le suit, ses pattes massives font trembler la maison à chaque pas. Alors que Ràn semble acculé, il se dresse soudain sur ses pattes arrière, saute sur son frère et accroche sa mâchoire à sa nuque. L'ours noir glapit et je hurle.

— Arrêtez ! Vous vous faites du mal !

Ils m'ignorent. De la salive coule de leurs gueules, leurs yeux brûlent de violence. Les ours câlins que j'ai vus hier se sont transformés en bêtes vicieuses. Il faut que je sorte d'ici. Maudissant ma cheville – et la stupidité qui a conduit à cette blessure –, je me traîne jusqu'à la porte et utilise la poignée pour me hisser. Je ne porte pas de veste ni de chaussures, d'ailleurs, mais je ne peux pas rester dans la cabane une seconde de plus. Quand je quitte la maison, ils sont tous les deux sur leurs pattes arrière, en train de lutter. Du sang coule sur l'épaule de Ràn et Húnn a une entaille au front. Je sors et claque la porte derrière moi, en espérant qu'ils s'en apercevront.

Il fait froid. Le soleil brille et transforme la neige en un nuage blanc scintillant, mais le vent est glacial. Mes chaussettes sont trempées dès que je pose le pied sur la glace qui recouvre la petite terrasse carrelée. Un vieux banc en bois est adossé au mur de la maison. Sans trop savoir quoi faire d'autre, je dégage la neige et m'assois, essayant de soulager ma cheville douloureuse. Un fort grognement ébranle le mur derrière moi. Ils se battent toujours. Une seconde, ils étaient humains, normaux, drôles (enfin, Húnn l'était), et soudain, ce sont des ours enragés.

Ma place n'est pas ici. Une larme coule sur mon visage, se transforme en glace à mi-chemin. Je suis seule, alors que je pensais avoir trouvé des amis. Je lève mes jambes et les serre contre moi, me faisant toute petite. J'ignore la souffrance de ma cheville. C'est un rappel de la douleur émotionnelle qui traverse mon esprit.

Seule.

Encore.

Quelque chose se cogne contre moi. Quelque chose de doux.

— Isla ? Merde, tu es gelée, putain ! Qu'est-ce que tu fais ici ?

J'essaie d'ouvrir les yeux, mais c'est trop dur. Je m'assoupis, je remarque à peine qui me soulève et me transporte à l'intérieur. Je me sens bien. Le monde extérieur peut rester à l'écart. Je me plais ici. Pas d'hommes. Pas d'ours. Juste le froid et moi. Oh, oui ! Le froid. J'aime le froid. Il gèle mes pensées. Il ralentit les mauvaises pensées pour qu'elles ne fassent pas mal.

Les bonnes pensées aussi, mais ce n'est pas grave. Tout est lent, glacé et étincelant.

— Isla ?

— Il faut la réchauffer. Qu'est-ce qui t'a pris de la laisser sortir toute seule ?

— Il faut la réchauffer lentement, pas trop vite. Prends des couvertures.

— Isla, je vais devoir t'enlever ces vêtements.

— Ne te débats pas, chérie, tu n'auras pas chaud sinon.

— Voici des couvertures, et j'ai trouvé une bouillotte.

— On s'en fout. Tu sais qu'il y a un meilleur moyen.

— Elle n'aimerait pas ça.

— Elle est trop dans les vapes pour s'en préoccuper.

— La faute à qui ?

— Elle commence à frissonner, c'est bien. Allongeons-la avec précaution.

Mon manteau de glace est en train de fondre. Ne faites pas ça. Je ne veux pas partir. C'est effrayant dehors. Je suis en sécurité avec moi-même. En sécurité, en sûreté et... Qu'est-ce que je disais ? Oui, effrayant. Ici. Non, dehors. J'ai froid. Tellement froid ! Réchauffez-moi. S'il vous plaît.

La première chose que mes doigts gelés ressentent est la chaleur. La douceur. La peau. Ils montent et descendent. Encore de la peau. Une main monte plus haut. La peau douce devient plus rugueuse. Des poils. Je les écarte en suivant la peau lisse. C'est si doux ! Je roule sur le côté pour pouvoir explorer des deux mains.

— Merde, Isla, arrête !

Je n'écoute pas. C'est agréable. La chaleur m'envahit des deux côtés. Mon dos est contre un radiateur et je me blottis contre un oreiller chaud. Je ne sais plus pourquoi j'ai envie d'avoir chaud, mais c'est agréable. C'est beau. Douillet. Je serre l'oreiller contre moi. Il résiste.

— Isla, qu'est-ce que tu fais ?

Isla ? Oui, c'est moi. Je suis Isla. Et je fais un câlin. C'est bien de faire des câlins. Je ris, c'est un gloussement. C'est agréable. Je recommence. Et encore. Ma voix est un instrument qui fait de la musique.

— Tu veux bien arrêter de ricaner ?

— Elle devient folle. On l'a rendue folle.

— Isla, reprends tes esprits !

Mon oreiller bouge et mes mains sont plaquées contre mon corps. Quelque chose agrippe mes poignets. Je veux à nouveau étreindre l'oreiller, mais il me résiste. J'essaie de me retourner pour me blottir contre mon radiateur, mais curieusement, ce sont des bras musclés qui me maintiennent en place.

— Isla, ouvre les yeux.

Je ne suis pas sûre de pouvoir le faire. Existe-t-il un manuel quelque part ?

Je me débats contre l'oreiller. Je ne veux pas ouvrir les yeux, je veux avoir chaud. Il ne me laisse pas bouger, alors je lève les paupières pour voir pourquoi. Des saphirs bleus me regardent. Mon oreiller a des pierres précieuses. C'est très joli.

— Isla, c'est bien, bien joué, dit l'oreiller.

Oh non ! L'oreiller n'est pas un oreiller. Je ne fais pas un câlin à un objet sans vie. Je serre un Viking dans mes bras. Torben. Effrayée par ce que je pourrais voir, mon regard se promène de son visage à sa poitrine et... Oui. Il est à nouveau nu. Je recule, contre un autre corps. S'il vous plaît, tuez-moi maintenant ! Pas un autre homme nu !

Cette nudité récurrente devient insupportable. Ces hommes ne portent jamais de vêtements ? Et comment ils peuvent apprécier d'être allongés peau contre peau avec – oh non ! La peau. Ma peau. Beaucoup de peau. Torben me tient toujours les mains, alors j'explore mentalement mon corps. Mes pieds sentent les fourrures sur moi – sur nous – et mes jambes sont prises en sandwich entre des peaux chaudes. Je me dégage de Torben, auquel je m'accroche comme un singe. Mes jambes serrent les siennes. Ma peau est nue sur son corps torride, je veux dire chaud. Je sens quelque chose contre mon ventre. S'il vous plaît, dites-moi que ce n'est pas ça – voir l'anatomie de Torben tout à l'heure ne m'a pas préparée à *la* sentir. Pas du tout. Je baisse la tête, mais les couvertures me cachent la vue. Je ne veux pas la voir. Il suit mon regard et une légère teinte rosée apparaît sur ses joues.

— Ràn, prends ma place, gémit-il en s'écartant de moi.

Celui-ci se tient au-dessus de nous et nous regarde avec un semblant de sourire. Waouh, ses lèvres peuvent vraiment faire ça ? Il ne porte pas de haut – encore –, mais quand il commence à enlever son pantalon, je proteste.

— Garde-le... s'il te plaît.

Un grognement se fait entendre derrière moi. Je vois enfin qui est mon radiateur. Finn.

— Salut, chérie, murmure-t-il dans mes cheveux.

Son souffle effleure ma joue, hérisse mes poils. Maintenant que Torben ne me tient plus, je roule sur l'autre côté pour regarder Finn. Je soulève la couverture et baisse la tête, sans me préparer aux conséquences. Un torse magnifique me sourit, avec des abdominaux définis sans être trop musclés, juste parfaits. Et en dessous... ouf, il porte un caleçon ! Je n'ai jamais été aussi reconnaissante de voir du tissu. Je laisse à nouveau tomber la couverture. Mieux vaut ne pas poursuivre l'inspection. Un grand corps se glisse derrière moi. Ràn. Il porte encore son jean. J'apprécie la sensation rugueuse qu'il procure sur mes jambes, même s'il est plus froid que la peau de Torben. Mon corps frissonne encore un peu, mais la glace à l'intérieur a presque fondu. Un gros bras se glisse autour de mes seins.

— Ràn ! crié-je en me retournant et en enfonçant mon coude dans sa poitrine.

Oups !

Il tâtonne – en me pressant le sein droit, mais j'essaie de ne pas y penser –, puis pose son bras sur mon ventre. Quel troll !

— Désolé, grommelle-t-il en chuchotant.

Je suis sûre que tout le monde dans la pièce l'a entendu. Oui, c'est le cas. Finn recommence à rire.

— Taisez-vous tous, rouspété-je.

Ah, les garçons !

Au moins, il fait chaud. Je me concentre sur la chaleur, je préfère ignorer qu'elle provient de deux hommes à moitié nus. Je me blottis dans la chaleur, mon esprit épuisé ralentit un peu. À moitié endormie, je m'accroche à quelque chose et me blottis contre.

Et je m'endors enfin.

Lorsque je me réveille, je commence par chercher des hommes autour de moi. J'ai de la chance, cette fois, je suis seule sous la couverture en fourrure. C'est bien. Je sais que beaucoup de filles penseraient le contraire, mais j'en ai assez des hommes pour le moment, merci beaucoup !

Je bâille et m'étire, regardant autour de moi. Je suis seule avec le feu, réduit à quelques flammes qui dansent sur des braises rougeoyantes.

— Bonjour ? Il y a quelqu'un ?

Un bruit de fracas provient de la cuisine, puis la porte s'ouvre, derrière laquelle se trouve un Finn souriant.

— Salut, l'abeille au bois dormant !

— L'abeille au bois dormant ? Vraiment ?

— Eh bien, tu es douce comme du miel et tes yeux sont encore à moitié fermés, alors je pense que c'est de circonstance.

Il me lance un sourire malicieux. Je secoue la tête en signe de dénégation. Dans quoi je me suis fourrée ?

— Torben ! crie-t-il en direction de la cuisine.

J'entends un cri étouffé en retour ; on dirait qu'il vient du grenier. Un bruit sourd provient de l'autre pièce, puis celui-ci entre – tout habillé, heureusement.

— Les autres arrivent. On va discuter.

— De quoi ?

Il me regarde fixement.

— Sérieusement ?

Je hausse les épaules. Heureusement, je n'ai pas besoin de répondre, car les frères ours arrivent. Je détourne les yeux pendant qu'ils attrapent leur pantalon par terre. Quand je relève la tête, ils sont devant nous, ils ont l'air d'écoliers surpris en train de faire une bêtise dans le dos de la maîtresse.

— Qu'est-ce que vous avez à dire ? demande Torben en les fixant du regard jusqu'à ce qu'ils baissent tous les deux les yeux vers le sol, honteux.

— Désolé.

— Désolé.

— Plus fort !

— On est désolés.

— Vous me décevez. Je pensais que vous saviez vous maîtriser – et si l'un de vous avait frappé Isla ? Et si vous l'aviez écrasée contre le mur ? Elle est humaine, putain ! Elle est fragile !

— Il l'a laissé tomber, grogne Ràn.

Tous les regards se tournent vers Húnn, qui fixe le sol, les sourcils froncés, l'air coupable.

— Il a fait quoi ?

La voix du chef de la horde est basse, dangereuse. Un prédateur qui traque sa proie.

— Seulement après que tu t'es transformé et que tu as chargé ! murmure l'accusé.

— Parce qu'elle s'est cognée dans le cadre de la porte à cause de toi !

Je n'ai jamais entendu Ràn dire autant de mots d'un coup. Il doit vraiment être bouleversé.

— C'était un accident, marmonne son frère en regardant toujours le sol.

— Quoi qu'il en soit, tu ne te transformes pas en présence d'un humain, et surtout pas à l'intérieur ! tonne Torben. Tu aurais pu la tuer !

Maintenant, Ràn baisse la tête de honte lui aussi. Finn a l'air mal à l'aise, même s'il n'est pas du tout impliqué.

J'ai l'impression que je dois parler pour empêcher le Viking de les tuer.

— C'est bon, il ne s'est rien passé. C'était plutôt cool de les voir se battre.

— Tu trouves ça *cool* de les voir se mordre jusqu'au sang ? demande celui-ci d'un ton glacial.

C'est à mon tour d'avoir honte.

— Non, bien sûr que non ! C'est juste que... on peut oublier ça et passer à autre chose ?

— Non, on ne peut pas ! s'emporte-t-il. Tu aurais pu mourir, et je n'étais pas là pour...

Sa voix faiblit. Il se retourne et sort en trombe de la cabane, la porte se referme avec fracas derrière lui.

— Alors ? murmure Finn. Et si on jouait à quelque chose ?

Les ours ivres sont amusants. Une fille humaine ivre n'est pas aussi amusante. Du moins pas pour la fille. J'ai la tête embrumée et ma bouche est pâteuse. Par rapport aux autres, je n'ai pas beaucoup bu, mais je n'ai pas l'habitude de l'alcool. Eux si. Ils boivent ça comme si c'était de l'eau. Et se moquent de moi, un peu ivre, par la même occasion.

La bouteille s'arrête en pointant Finn.

— Action.

Húnn sourit.

— Soulève Isla au-dessus de ta tête.

— Non ! protesté-je.

Mais Finn s'est déjà levé – sans la moindre hésitation malgré une demi-douzaine de bouteilles vides derrière lui – et me soulève dans ses bras. Je pousse un petit cri, j'essaye d'échapper à son emprise. Il me serre contre son torse, son souffle me chatouille la gorge.

— Ne te débats pas, ou tu vas te faire mal, murmure-t-il avec un sourire malicieux.

Je lui lance un regard noir. S'il me fait mal à la cheville, je le tue ! Ou je demande à l'un des autres de le s'en charger.

Finn ajuste sa prise, puis je semble m'envoler, le plafond se rapproche. Je crie lorsqu'il fait mine de me laisser tomber pendant une seconde, mais il se contente de rire ; apparemment, c'était une plaisanterie. Ce n'est pas drôle du tout. Mon cœur s'emballe. J'ai le vertige.

— Laisse-moi descendre, espèce de yéti poilu !

Il rit encore plus fort, les vibrations se propagent dans mon corps à travers ses bras.

— Tu veux descendre ?

— Oui !

— Pas de problème.

Je tombe. Sauf que, curieusement, il me tient toujours. Je n'arrive pas à y croire. Il est tellement fort !

— Si tu ne me lâches pas maintenant...

Il me fait tomber de quelques centimètres sur le sol.

— Merde ! Espèce de sale bâtard !

Je porte la main à ma bouche et regarde autour de moi, paniquée. Húnn et Ràn me regardent fixement.

— Est-ce qu'elle vient de... ?

— Oh oui !

— Il y a peut-être encore de l'espoir pour elle.

Non. Je ne jure pas. Je n'en ai pas le droit. Qui jure ment. Celui qui ment sera puni.

— Dis-le encore une fois, chérie, supplie Húnn.

— Merde ! murmuré-je.

Ràn s'approche et éloigne ma main de mon visage.

— Encore une fois.

— Merde. Merde, merde, merde. Merde ! MERDE !

Ce qui n'était qu'un murmure se termine par un cri de joie.

Finn m'attrape et soudain, je suis à nouveau dans les airs, tournoyant dans ses bras. C'est tellement plus amusant que d'être soulevée au-dessus de sa tête !

— Merde, merde, mer-de ! chantons-nous.

Quand Finn se déplace vers Ràn, je tends une main pour tirer celui-ci vers nous, mais il est trop lourd, et avec un sourire malicieux, il tire et je ne lâche pas. J'entraîne Finn avec moi, si bien que nous nous retrouvons tous les deux allongés sur Ràn. Je sens le torse de celui-ci grogner de rire, pendant que le blond continue de scander au-dessus de moi.

— Qu'est-ce qui se passe, ici ?

Oh, oh ! Torben est de retour.

Les garçons sont dans la cuisine en train de discuter, pendant que je m'occupe du poisson sur le feu. Enfin un travail dont je peux me charger malgré ma cheville blessée. Je respire l'arôme de beurre du poisson. J'espère qu'ils auront bientôt fini de se disputer pour que je puisse manger. D'un autre côté, qu'est-ce qui m'empêche de commencer sans eux ? Je prends une fourchette et fais glisser l'un des petits morceaux dans une assiette. C'est succulent. Délicieux. Magnifique.

Lorsque j'ai dévoré deux autres morceaux, les voix de la cuisine se sont calmées. Elles ne se disputent plus, elles parlent.

— On doit bientôt planifier notre prochaine destination, dit Torben. Le printemps approche et je ne veux pas perdre plus de temps sur cette île. On n'a rien trouvé ici et je ne crois pas qu'on y trouve quoi que ce soit. Dès que la glace aura fondu, on pourra nager jusqu'à l'île suivante sur la liste.

— La petite au nord ? demande Húnn.

— Oui. Il faudra nager quelques jours pour éviter les îles habitées, mais c'est mieux que de rester ici.

Nager. Ils ont l'intention de s'enfuir à la nage. Je ne peux pas nager dans l'eau glacée, je ne suis pas un métamorphe. Cela signifie qu'ils partiront sans moi. Soudain, le poisson a un goût sec et triste.

Je renverse le gril et le poisson tombe dans le feu.

Il brûle, comme les sentiments qui venaient de germer dans mon cœur.

CHAPITRE
CINQ

Je me réveille parce que le sol bouge sous mes pieds. Le vent hurle dehors et un courant d'air glacial m'embrasse la joue. Un grondement sourd résonne autour de moi. Je me redresse dans l'obscurité. Je suis dans le grenier, allongée toute seule sur un simple matelas.

Quelque chose grince au-dessus de moi. Quelqu'un marche sur le toit ?

— Il y a quelqu'un ?

Seul le vent rugissant me répond. Je me lève en faisant attention à ne pas mettre de poids sur ma cheville et je sautille jusqu'à la petite lucarne. Je ne vois rien, elle est recouverte d'une épaisse couche de neige. Le toit gémit à nouveau, le bois émet des bruits qui ne sont pas très rassurants. Cet endroit est-il sûr ?

Le courant d'air froid me fait frissonner et je le suis en boitant jusqu'à l'autre côté du grenier. Pas étonnant qu'il fasse si froid. Un petit trou dans le toit me donne une vue sur la tempête de neige qui fait rage à l'extérieur. D'épais flocons sont catapultés dans les airs, se tordant et se retournant sous l'effet du vent. C'est bruyant, bien plus bruyant que je ne l'aurais cru.

Une explosion se produit à côté de moi et je crie.

— Isla ? m'appelle quelqu'un au loin.

Il fait soudain très froid. Quelque chose coule sur ma joue. Je me retourne et je vois la fenêtre par terre. Enfin, ce qu'il en reste. Elle s'est brisée en mille morceaux, la neige et le vent s'engouffrent dans la pièce. Des éclats de bois sont éparpillés autour, et le cadre en bois pend du plafond.

— Isla, tu vas bien ?

Torben grimpe à l'échelle, une torche à la main, et scrute rapidement la pièce à la recherche d'une menace. Une seconde plus tard, il est à mes côtés.

— Tu saignes. Attends, n'y touche pas, tu as peut-être encore une écharde à l'intérieur.

Il braque la lumière sur mon visage et je cligne des yeux. Ses doigts chauds palpent doucement ma joue.

— Ce n'est qu'une égratignure, mais on devrait mettre du désinfectant, dit-il, les yeux aussi brûlants que ses doigts.

Il m'aide à monter sur l'échelle, puis me fait grimper sur son dos. Je commence à prendre l'habitude d'être portée par des hommes. Je ne suis pas sûre de ne pas aimer ça. Torben est chaud, presque brûlant, et je me blottis contre lui. Lorsque nous atteignons le rez-de-chaussée, le toit craque à nouveau. La maison semble trembler de froid. Elle gémit de douleur.

— On doit sortir d'ici ! dit Torben, la voix teintée d'inquiétude.

Quelque chose s'écrase sur le sol au-dessus de nous. Il ferme les yeux un instant, en pleine concentration. Quand il les rouvre, il a une lueur bleue dans les yeux, qui disparaît une seconde plus tard.

— Finn sera là dans un moment. Allons te chercher des vêtements plus chauds.

Il m'installe près des charbons ardents du salon, laisse ses mains sur mes épaules un instant de plus que nécessaire, puis se détourne et grimpe à nouveau dans le grenier. Un autre bruit de fracas retentit et de la poussière tombe du plafond. J'entends Torben jurer, je suis bien contente de ne pas pouvoir distinguer ses paroles.

Un instant plus tard, il est de retour, les épaules et le dos couverts de neige. Il me tend un sweat à capuche bien trop grand pour moi, mais mieux que le mince pull que je porte. Il sent l'odeur d'un des garçons... Húnn, je crois.

— Allons-y.

Sans crier gare, Torben me prend dans ses bras et me porte – à la manière d'une mariée – à l'extérieur. Un gros ours doré nous attend. Finn.

Curieusement, je pensais que ce serait amusant de monter sur un ours. Que ce serait excitant, palpitant. Mais il n'en est rien. Il fait froid, c'est inconfortable, il est difficile de rester en place. Mes doigts sont gelés et j'ai du mal à m'accrocher à sa fourrure pendant qu'il court dans la nuit. Je presse mon corps contre son dos pour me protéger du vent glacial, mais il est trop large et mes cuisses sont déjà douloureuses à force d'essayer de rester dans cette position. L'ours polaire-Torben court devant nous, sa fourrure blanche disparaît dans la tempête de neige. Je ne pense pas pouvoir tenir plus longtemps. Lorsque Finn saute par-dessus une racine, je manque de glisser. Je crie, mais le son est avalé par la tempête. L'ours couleur de miel a dû s'en apercevoir, car il augmente sa vitesse et fonce contre le vent.

Lorsqu'il s'arrête enfin, je lâche prise et glisse par terre. Mes muscles sont crispés et je ne sens plus mes doigts et mes orteils. Je déteste le froid. Pourquoi avons-nous encore quitté la maison chaude et la cheminée ? C'était une idée stupide. Stupides ours !

Quelqu'un de chaud me prend et me porte à l'intérieur. Je regarde autour de moi, je m'attends à voir une autre maison. Ce n'est pas le cas, c'est une grotte. Elle est assez grande, à en juger par ce que je peux distinguer dans la faible lumière que la neige reflète à l'extérieur. Une torche s'allume sur l'une des parois de la grotte et éclaire un Finn nu. Pas encore !

Quelques minutes plus tard, je suis prise en sandwich entre deux ours. Ceux à fourrure, pas les humains nus qu'ils étaient il y a quelques instants. Finn a allumé quelques torches et un petit feu. Mais il ne peut rivaliser avec la chaleur que les deux ours m'apportent. Je frissonne, et soudain, deux plantigrades massifs se frottent à moi. Quelque chose en moi s'enflamme, je commence à avoir presque trop chaud. C'est peut-être parce que je les imagine en humains, se blottissant, câlinant, touchant... zone interdite, Isla ! Ils vont bientôt partir, alors ne commence pas à dépendre d'eux. Ce qui est plutôt difficile, quand on est pris au milieu d'une tempête de neige. Je passe mes mains dans la fourrure de Finn, et il ronronne de contentement. Le museau de Torben me pousse par-derrière, alors je passe une main dans sa fourrure également. Elle est plus épaisse et plus courte, tandis que celle de Finn est longue et presque douce. Je me frotte contre les deux, simultanément – stop ! Qu'est-ce que tu fais ?

J'envoie quelques pensées froides vers ma conscience, qui se calme. J'ai une bonne raison de faire des câlins aux ours, ce soir.

Soudain, Torben se redresse en grognant. Les oreilles de Finn se dressent. Il saute vers l'entrée de la grotte et laisse un côté de mon corps dans le froid. Torben gronde et Finn fait demi-tour, baissant la tête en signe de respect. Je sais qu'ils communiquent par la pensée et je donnerais n'importe quoi – enfin, beaucoup – pour entendre ce qu'ils disent.

Avec un grognement, le chef de la horde se lève et s'enfonce dans la nuit, tandis que je reste avec son acolyte. Alors que je regarde l'ours polaire courir gracieusement dans l'obscurité, je ne remarque même pas que Finn s'est transformé jusqu'à ce qu'une main humaine se pose sur mon épaule. Je lève la tête et... j'ignore certaines parties et essaie d'éviter de rougir.

— Ràn est blessé, murmure-t-il. Torben est allé l'aider.

Le temps s'écoule avec une lenteur affligeante. Mon compagnon s'est retransformé en ours pour parvenir à me réchauffer, mais il a promis de devenir humain dès que les autres le contacteront. Je m'accroche à lui, je tente d'ignorer les images d'un Ràn blessé qui défilent dans mon esprit. Finn a dit que les frères étaient allés à la maison, qui apparemment s'est presque effondrée quand ils y sont arrivés. Sans même attendre de contacter Torben pour savoir si nous allions bien, Ràn a sauté dans le bâtiment. C'est à ce moment-là qu'elle s'est complètement effondrée et l'a enseveli. C'est pas possible, quel ours stupide !

Il fait froid. Toutes les quelques minutes, je me retourne pour que mon corps reste chaud de tous les côtés. Comme un kebab, en somme.

Après une dizaine de tours, Finn se transforme enfin. Apparemment, il peut le faire quand il est allongé, ce qui est impressionnant. Ce qui l'est moins, c'est de le voir se coller contre mon dos, peau contre peau.

— Ils l'ont sorti des décombres, murmure-t-il, comme si un son fort pouvait aggraver la situation. Il a dû se transformer pour que les garçons puissent le sortir de là, mais il souffre trop pour se retransformer. C'est sous notre forme animale qu'on guérit le mieux et qu'on supporte le mieux la douleur. Ràn a besoin de redevenir ours, mais la douleur l'en empêche. Torben essaie de soigner ses blessures, mais il n'est pas guérisseur, et Ràn refuse d'être touché. La seule personne qu'il laisse approcher est son frère, et seulement en ours.

— Pourquoi ?

— Parce que... ce n'est pas à moi de raconter cette histoire. Disons simplement qu'il ne supporte pas le contact d'autres hommes.

— Il se laisserait toucher par une femme ?

— Je suppose que oui... On n'a jamais essayé. Comme tu l'as remarqué, il ne parle pas beaucoup. Avant, c'était différent, il ressemblait tellement à Húnn que tout le monde les prenait pour des jumeaux, mais maintenant... Je ne sais jamais vraiment ce qui se passe dans sa tête.

Je me retourne pour regarder dans ses yeux, qui sont tristes. La douleur dans sa voix me touche tant que je tends la main pour toucher sa joue et essuyer une larme qui n'y est pas. Il la prend et la serre fermement.

— Si on te l'amène... tu penses pouvoir l'aider ?

— Je ferai de mon mieux. Je suis formée à la médecine, c'est vrai, mais pour que je puisse le soigner, il devra me laisser le toucher.

Finn me regarde dans les yeux un instant. Quand il a trouvé

ce qu'il devait voir, il acquiesce et relâche ma main. Il se déplace et ferme les paupières pour parler aux autres. Lorsqu'il les rouvre, il me fait un signe de tête et m'entoure de ses énormes pattes. Un ours me serre dans ses bras. Si je n'étais pas si inquiète pour Ràn, je pourrais même apprécier. Beaucoup.

Je sais qu'ils arrivent quand Finn se détache de moi. Il me fait un signe de tête, puis sort en courant dans la neige. Seule l'une des torches brûle encore et donne un tout petit peu de lumière. Pas assez pour voir plus loin que l'entrée de la grotte. Quelques minutes angoissantes s'écoulent avant que j'entende le bruit de pas lourds dans la neige.

Ràn est allongé sur le dos de Húnn, son corps pâle et nu paraît petit et brisé contre la fourrure noire de son frère. Finn et Torben sont de chaque côté, pour l'empêcher de glisser par terre.

Lorsqu'ils entrent dans la grotte, ils se transforment. Torben porte Ràn avec précaution et l'allonge près du feu, tandis que Finn rallume les torches. Plus la lumière envahit la caverne, plus je distingue les blessures de notre ami. De profondes entailles couvrent son dos, des ecchymoses se forment déjà autour de ses épaules, et son bras droit est plié dans un angle étrange. Ses dents sont serrées à cause de la douleur, sa mâchoire carrée crispée.

Je m'agenouille à ses côtés et pose doucement une main sur sa joue. Il tressaille, mais je la laisse là. Je dois voir si je peux le soigner. Comme il ne proteste pas davantage, j'appuie deux doigts sur sa gorge pour prendre son pouls. Il est d'une lenteur inquiétante, sa peau devient moite. Je dois faire quelque chose immédiatement.

— Ràn, qu'est-ce qui te fait le plus mal ?

— Le dos. L'épaule, dit-il en serrant les dents.

— Tu peux remuer tes orteils, s'il te plaît ?

Il obéit sans poser de questions. C'est bien. La première étape consiste à arrêter l'hémorragie.

— Vous avez des bandages ?

Les garçons secouent la tête.

— Tout est dans la maison. Et on n'a pas de vêtements qu'on pourrait déchirer.

Oui, merci de me le rappeler.

— Alors je vais le faire, dis-je avec plus d'assurance que je n'en ai.

Sans les regarder, j'enlève mon sweat à capuche, puis le pull fin que je porte en dessous. Je les tends à Torben, ignorant les regards qu'il jette sur mon soutien-gorge.

— Essaie d'en faire de longues bandes.

Il me fait un signe de tête sinistre et je me retourne vers Ràn. Celui-ci me regarde fixement, mais ses paupières vacillent.

— Il faut laver tes blessures, sinon elles vont s'infecter, lui dis-je doucement. Finn, va chercher de la neige. Húnn, je vais devoir réduire la fracture de son épaule, et il pourrait vouloir mordre quelque chose.

Sans attendre leurs réponses, je procède à un examen rapide de son corps. Je ne trouve rien de plus que les blessures que j'ai déjà vues, mais je n'ai vu que son dos. Je dois examiner sa poitrine et son abdomen.

Finn revient et, avec son aide, je recouvre soigneusement le dos de Ràn de neige. Le froid va non seulement stopper l'hémorragie, mais aussi laver la saleté des plaies. À chaque contact, le blessé tressaille et gémit, mais je ne peux que le rassurer et lui expliquer ce que je fais.

Torben me tend les bandages de fortune. Je les enroule soigneusement, mais fermement autour du dos de mon patient.

— Aidez-moi à le retourner, demandé-je.

Les trois hommes se mettent en position aux pieds et à la tête.

— Ràn, je sais que tu ne veux pas qu'ils te touchent, mais ça ne durera que quelques secondes, d'accord ?

J'attends qu'ils m'indiquent qu'ils sont prêts, je leur fais un signe de tête et ensemble, nous le mettons lentement sur le dos en veillant à ce que les bandages restent en place. Le blessé grogne de douleur. Dès que c'est fait, les autres reculent.

La poitrine de notre ami présente quelques égratignures et ecchymoses, mais rien d'aussi grave que les entailles dans le dos. Je ne dispose d'aucun stéthoscope, malheureusement. Je baisse donc la tête contre sa poitrine pour poser mon oreille droite sur sa peau. Sa respiration est un peu superficielle, mais régulière. Elle n'est pas sifflante. C'est une bonne chose.

— Je vais palper ta poitrine et ton abdomen. J'essaierai d'être aussi douce que possible, mais dis-moi si ça te fait mal.

Il me fait un autre signe de tête sinistre et je commence à passer mes mains sur sa clavicule, ses côtes, ses abdominaux. Pendant un instant, je m'imagine faire cela dans un cadre différent, en portant encore moins que mon soutien-gorge – mais je balaie cette pensée dès qu'elle apparaît. Concentre-toi, Isla. Et ne regarde surtout pas en bas. N'oublie pas qu'il est nu et que tu ne veux pas le voir comme ça. Pas maintenant, en tout cas.

— Ton ventre est un peu sensible, mais tant que ça n'empire pas, on a des choses plus urgentes à examiner.

Je ne lui dis pas qu'il pourrait avoir une hémorragie interne. Il n'a pas parlé de douleur à l'estomac, donc si j'ai de la chance, je pourrai lui demander de se transformer avant que celle-ci ne s'aggrave. Mais pour cela, je dois m'occuper de ses autres blessures.

— Je dois examiner ton épaule. Tu vas avoir mal. Ils doivent te maintenir au sol ou tu peux rester tranquille ?

— Je me débrouillerai.

Sa voix est rauque et la douleur qui s'en dégage me fait frissonner. J'aimerais avoir des analgésiques à lui donner.

Je jette un coup d'œil à son bras, manipule doucement sa main et ses articulations. Lorsque je plie son coude, il pousse un cri de douleur et dégage son bras, ce qui le fait hurler encore plus. Je lui lance un regard sévère et, avec un gémissement, il le tend à nouveau vers moi.

— Ton épaule est déboîtée, mais je pense pouvoir la remettre en place. Ensuite, on verra si quelque chose est cassé. Húnn, donne-lui le bout de bois.

Le bâton placé entre ses dents, je demande aux garçons d'être prêts à le maintenir au cas où il se débattrait. Je me sens un peu comme un tortionnaire en disant cela.

Ce n'est pas la première fois que je remets une épaule disloquée, mais c'est la première fois que je le fais sur un métamorphe qui peut me charger à tout moment. Ce n'est peut-être pas la meilleure idée, mais je suis la seule à pouvoir le faire.

— Je dois me lever pour ça. Finn, tu peux me tenir debout ?

Saleté de cheville ! Le métamorphe se place derrière moi et me relève. Pendant un instant, j'aimerais rester dans ses bras pour profiter à nouveau de sa chaleur. Mais je n'ai pas le temps. Je me penche, enroule mes doigts autour du bras de Ràn et inspire profondément.

— Prêt ?

Il acquiesce, ses dents grincent déjà sur le morceau de bois que Húnn lui a donné.

Je tire lentement tout en tordant son bras. Ràn hurle, mais ne se débat pas comme je m'y attendais. Je tire plus fort, puis je relâche. Avec un craquement satisfaisant, son épaule se remet en place. Le blessé pousse un rugissement de douleur, mais se laisse faire. Je passe mes doigts sur son épaule pour vérifier. Je m'affaisse, soupirant de soulagement. Ça a marché. Et je ne me suis pas fait manger.

Ràn recrache le morceau de bois.

— Ça va mieux, râle-t-il, avant de laisser sortir son ours.

Je m'attendais peut-être à ce que ses blessures disparaissent comme par magie après sa transformation. Ce n'est pas le cas. Ràn reste au sol, il halète lourdement. Les bandages que j'ai posés sur son dos sont par terre. Le sang coule lentement sur sa fourrure. Je m'agenouille rapidement pour les remettre en place.

— Il n'est pas censé guérir ?

Ma voix sort comme un petit cri aigu. Oups !

Des bras m'entourent par-derrière. Et me relèvent.

— Ça va prendre un moment, murmure la voix rauque de Torben à mon oreille. Peut-être une heure ou deux. Mais sans toi, ça aurait pris beaucoup plus de temps.

Je me retourne, ses yeux bleus regardent droit dans les miens.

— On a une dette envers toi, petite humaine. *J'ai* une dette envers toi.

Il m'entraîne à l'écart des autres, nous nous retrouvons debout à l'entrée de la grotte et regardons dans l'obscurité orageuse.

— Tu m'as sauvée. J'ai une dette envers toi.

Je m'attends à ce que le dieu des films larmoyants apparaisse d'un moment à l'autre.

— Non. *Tu* es à moi.

Ses yeux charbonneux se rapprochent, tout comme le reste de son visage. Y compris sa bouche. Ses lèvres magnifiques. Il hésite, à un souffle de distance, puis se rapproche. Ses lèvres se pressent contre les miennes, sa langue me pousse à les écarter. J'obtempère et l'ours entre dans mon cœur.

Nous n'interrompons notre baiser que lorsque Finn se racle la gorge derrière nous. Je me sens coupable d'avoir été surprise, mais Torben passe simplement un bras autour de mes épaules, marquant son territoire. Le blond incline la tête, il accepte que je sois maintenant la... quoi exactement ? Femme ? Petite amie ? Un coup d'un soir de son alpha ? Il faut vraiment que je lui en parle. Je ne sais rien des ours et de leur... euh... comportement d'accouplement. Restent-ils avec quelqu'un pour la vie ? J'espère que non. Je viens de fuir un mariage et je ne suis pas pressée de me retrouver dans un autre. Je ne suis pas du genre à coucher à droite à gauche. Je suis vierge. Mon oncle n'a jamais laissé personne s'approcher de moi. Sauf Marcus. Il était très heureux de me donner à lui.

— Je voulais juste savoir où on allait dormir ce soir, demande Finn, visiblement mal à l'aise. On n'a plus la maison, et cette grotte n'est pas vraiment le meilleur endroit pour rester.

Torben soupire, mais garde son bras autour de mes épaules.

— On n'a pas d'autre choix que de rester ici pour l'instant. Une fois que la tempête se sera calmée, on pourra voir ce qui est récupérable dans la cabane. On n'avait pas repéré un autre chalet de l'autre côté de l'île ?

— Oui, mais il était en très mauvais état la dernière fois que j'ai vérifié. Et maintenant, après cette tempête... On peut vérifier, mais il ne faut pas se faire trop d'illusions.

Le Viking acquiesce et mon cœur se serre à l'idée de passer une nuit dans cette grotte sombre et humide. Ma petite chambre mansardée me manque déjà.

— Il est peut-être temps de quitter cette île, murmure-t-il, plus pour lui-même que pour nous. On est restés assez longtemps.

— La mer était de nouveau gelée la dernière fois que je suis allé à la plage, dit Finn. Je suppose qu'il serait plus agréable de marcher sur la glace que de nager. Mais il faut faire vite, mieux vaut ne pas être au milieu de l'océan quand la glace fondra.

— Très juste, acquiesce son ami.

Le visage du beau blond s'illumine. Je n'avais pas encore réalisé à quel point les éloges de Torben comptent pour les autres. Je commence à comprendre que si l'ours polaire est l'un d'entre eux, il est aussi le chef. L'alpha.

— Attendons le matin, d'ici là, Ràn devrait être complètement guéri. Isla pourra nous monter à tour de rôle. On ne prend que l'essentiel, ce qu'on peut trouver dans les décombres de la vieille cabane. Espérons avoir plus de chance sur une autre île.

— On va sur laquelle ? demandé-je, à la recherche mentalement de mes connaissances géographiques limitées.

Je ne connais pas de vraies cartes des îles qui étaient autrefois les Highlands écossais, mais mon oncle en avait quelques-unes dessinées à la main dans son bureau. Je ne saurais même pas dire sur laquelle nous nous trouvons. Je ne me suis pas vraiment souciée de la direction que j'ai prise lorsque j'ai fui ma maison.

— Il y en a une à l'ouest qui ressemble à celle-ci. C'est peut-être la vraie Inchbrach, l'île des Ours. Ou peut-être pas, qui sait ? Mais on ne trouvera aucune réponse ici, alors les chances seront meilleures ailleurs.

Il a l'air résigné. Je suis sûre qu'ils ont déjà eu cette conversation de nombreuses fois. Leur recherche ne doit pas être facile. Ils ne sont même pas originaires de ce pays – même s'ils ne seraient probablement pas d'accord. Mais ils ne sont pas nés ici et n'ont pas vécu l'Immersion ici non plus. Je n'ai que peu de souvenirs de l'époque qui a précédé le naufrage, mais ce sont surtout de bons souvenirs. Quand mes parents étaient encore en vie. Quand j'avais encore une famille.

— Retournons à l'intérieur. Il commence à faire froid.

Waouh, il a enfin remarqué ! Les ours semblent mieux supporter les températures basses que la petite humaine.

Une fois de plus, Torben me soulève (à plus d'un titre) et m'emmène dans la grotte. Finn me fait un clin d'œil en nous suivant. Nous devons avoir une drôle d'allure. Le Viking semble rapporter son prix à la maison.

Ràn a repris sa forme humaine et s'est recroquevillé par terre. Ses blessures ont presque disparu et il semble dormir paisiblement. Son frère est à ses côtés et surveille le petit feu au centre de la grotte.

— Comment il va ? demande Torben.

Húnn lève les yeux, le visage caché dans l'ombre.

— Assez bien, je suppose, dit-il doucement. Il sera rétabli demain.

— Bien. On part dès le lever du soleil, annonce l'alpha. Le printemps arrive et un long voyage nous attend.

Je suis allongée sur les genoux de quatre métamorphes ours. Ils n'arrivaient pas à décider qui allait me réchauffer. Maintenant, ils me réclament tous. Au moins, ils portent des pantalons. J'ai de la chance.

Nous sommes assis à l'entrée de la grotte et regardons le soleil apparaître lentement derrière les arbres. Sa lumière peint le monde d'un bel orange, chassant les souvenirs d'une nuit de douleur et de peur. Il fait froid, mais je ne le ressens pas. Mes quatre métamorphes me réchauffent. Oui, *mes* métamorphes. Mes quatre ours. J'ai envahi leur île, et ils ont envahi mon cœur. Il est presque temps de partir. Je suis à la fois excitée et un peu effrayée. Mais je sais que nous allons réussir, parce que... quand même... ce sont des ours.

— Je vois la terre !

Ràn m'arrache au sommeil dans lequel je me trouvais. Cela fait deux jours que je n'ai pas dormi correctement, les ours non plus. Nous avons traversé la mer gelée à toute allure, conscients que la glace pouvait commencer à fondre à tout moment. C'était une décision dangereuse de quitter l'île comme ça, une décision imprudente. Mais nous étions tous d'accord. Je n'aurais pas pu nager comme eux, c'était donc la seule solution pour moi de les accompagner. Jusqu'à présent, la glace est suffisamment épaisse pour supporter notre poids, même si chaque craquement me fait un peu mal au cœur. Nous n'avons pas encore parlé de ce qui se passerait si la glace se brisait alors que nous sommes encore au milieu de l'océan. Nous nagerions, je suppose, et je m'agripperais à l'un des ours jusqu'à ce que l'hypothermie m'empêche de m'accrocher. C'est pourquoi nous n'en parlons pas. Nous savons tous que cela se terminerait par une tragédie.

Je me redresse et j'ajuste ma prise sur la fourrure de Finn.

Cela fait plusieurs heures qu'il me porte, une bonne partie de la nuit. Il doit être épuisé, mais comme les autres, il continue à courir sur la glace.

Ràn est monté sur son frère. C'est un spectacle assez étrange de voir un homme grand sur un ours tout aussi grand. Ils échangent d'apparence à tour de rôle. C'est trop risqué de rester ours, m'a expliqué Torben, ils pourraient se perdre s'ils ne pensent pas comme des humains pendant au moins une heure ou deux par jour. Je dois dire que c'est bien d'avoir de la compagnie. Les ours peuvent parler entre eux, au moins de façon rudimentaire, mais je suis la seule à ne pas pouvoir le faire. Et même monter sur un ours devient ennuyeux au bout d'un moment, surtout par ce froid glacial.

Je regarde au loin, j'essaie de voir la terre annoncée par Ràn. Rien. Mais je sais déjà qu'ils ont une bien meilleure vue que moi.

— À quelle distance ? demandé-je alors que j'étouffe un bâillement.

Ai-je mentionné que je n'ai pas dormi depuis très longtemps ?

— Peut-être vingt minutes, pas beaucoup plus, affirme-t-il en donnant à son frère un coup de pied. Quinze s'ils se dépêchent.

Húnn grogne en réponse, mais accélère. Nous avons tous désespérément besoin de sentir la terre ferme sous nos pieds. Et des lits. J'espère qu'on trouvera des lits. Peut-être de la nourriture. Un feu. C'est tout ce dont j'ai besoin.

Je grimace. Il y a vingt ans, c'était facile à obtenir. Aujourd'hui, la plupart des îles ne sont plus habitées ou sont clôturées. Il se peut que nous ne puissions pas accéder à celle-ci. Je me débarrasse de cette pensée déprimante. Non, restons-en à l'image d'une cheminée chaleureuse. Du chocolat chaud ? Certainement.

— Tu crois que c'est Inchbrach ? demandé-je à Ràn, qui se contente de hausser les épaules.

— Je n'en ai aucune idée. Mais c'est une terre et pour l'instant, c'est tout ce qui m'importe.

Il a l'air fatigué, épuisé. Je ne dois pas oublier qu'il a été grièvement blessé il y a quelques jours. Grâce à la transformation, la plupart des blessures ont guéri, mais il est encore faible.

Je regarde la mince bande de terre se rapprocher. Il est difficile de bien voir, car le sol est recouvert de neige, comme la glace sur laquelle nous nous déplaçons. Il n'y a pas d'arbres, juste quelques collines basses. Rien pour s'abriter du vent glacial. Peut-être pourrons-nous trouver une autre grotte plus à l'intérieur des terres. Loin de moi l'idée de repasser du temps dans un trou sombre. Mais c'est mieux que de camper dans la neige.

Je me blottis contre la fourrure chaude de Finn et j'apprécie le mouvement de ses muscles sous mon corps. Il m'a fallu un certain temps pour m'habituer aux mouvements de l'ours, mais maintenant, je suis en phase avec lui, à tel point que je pourrais presque dormir en le chevauchant. Presque. Dormir... Bientôt.

Une fois la terre ferme atteinte, je descends de Finn et j'embrasse le sol de façon théâtrale. Lorsque je me relève, quatre hommes me regardent, dont trois sont nus. Ils auraient pu me prévenir qu'ils allaient se transformer... Je soupire et leur distribue les vêtements que j'ai rangés dans mon sac à dos. Ràn enfile son t-shirt fétiche et je frissonne à sa vue. C'est lui qui devrait être l'ours polaire, pas Torben !

— Voyons voir sur quel genre d'endroit nous avons atterri, annonce l'alpha en se dirigeant vers la colline la plus proche.

Merde, il va vouloir monter là-haut pour avoir une meilleure vue ! Je suis épuisée. Je n'avais pas prévu de gravir des collines aujourd'hui. Je voulais dormir. Résignée, je grimpe sur le dos de Húnn. Ma cheville est beaucoup moins douloureuse, mais je ne pense pas que marcher dans la neige lui fasse beaucoup de bien.

Heureusement, nous n'atteignons pas le sommet de la colline.

— Regardez, il y a de la fumée ! s'écrie Finn alors que nous venons à peine de commencer notre ascension.

Nous nous tournons tous dans la direction qu'il indique, dans un mélange de joie et d'appréhension. Il peut s'agir d'amis ou d'ennemis. Si les habitants de cette île sont à l'image de mon oncle, ils ne seront pas très accueillants.

— Vous restez ici, n'allez pas au sommet, ils pourraient vous voir. Je vais vérifier, dit Torben, qui s'en va sans même nous laisser le temps de répondre.

Je remue afin que Húnn me laisse descendre pour me tenir debout. Je le regrette immédiatement.

— Syndrome du héros, marmonne Finn, qui s'assoit dans la neige en se tapotant les cuisses. Isla, on dirait que tu vas tomber d'une seconde à l'autre. Assieds-toi sur mes genoux, j'ai chaud.

Comment je pourrais résister à cette invitation ? Je me blottis dans ses bras et profite de la proximité qu'il m'offre. Oui, j'ai embrassé Torben, mais cela ne veut pas dire que je ne peux pas apprécier la gentillesse (et la chaleur) des trois autres. J'ai des ovaires, faites-moi confiance.

Pour une fois, je suis contente d'être petite. Je m'insère parfaitement dans l'espace entre ses jambes. Ce qui me fait penser... Je sens quelque chose contre mes fesses. Non, ne fais pas attention, Isla. Mieux vaut ne pas penser à lui comme ça.

— Qu'est-ce qu'on va faire si les habitants sont hostiles ? demande Ràn dans le silence. On doit se reposer, on ne peut pas courir un jour de plus, et encore moins plusieurs. On trouvera peut-être une grotte, soupire-t-il, exprimant mes premières pensées. Ou au moins une cavité où on pourrait se cacher.

— Et si on espérait davantage ? Une cabane ? Un chalet ? demandé-je.

J'aspire à un salon douillet avec un radiateur et des livres. Une fille peut rêver.

— Tu fais le contraire de ce que la plupart des gens normaux feraient ? éclate de rire Húnn, en ébouriffant mes cheveux.

— Je ne suis pas normale. Les gens normaux ne fréquentent pas les ours.

— C'est vrai. Mais je t'aime bien comme tu es, murmure Finn en me rapprochant de lui.

Je respire son odeur et je souris. Il est si confortable...

— Des gens arrivent, lance soudain Húnn.

Je me détache de Finn et me prépare à courir.

Je ne suis pas d'humeur à me battre. Je ne sais pas comment faire, de toute façon. Mes compétences en matière de combat se limitent à l'utilisation de cuillères en bois en guise d'épées lorsque j'étais enfant. Alors oui, ça ne sert pas à grand-chose dans la vraie vie.

Finn m'aide à me relever et nous attendons qu'ils se rapprochent. Curieusement, ma main a trouvé la sienne – ou est-ce l'inverse ? Je recroqueville mes orteils dans mes bottes. Je ne les croise pas tout à fait, mais je suis sûre que cela aura le même effet. Je veux vraiment que ces gens soient accueillants.

— C'est Torben et deux autres garçons, annonce Húnn.

On dirait que c'est lui qui a la meilleure vue. Je ne vois toujours rien.

— Il les conduit ici, donc ils doivent être sympathiques.

Ma tension se relâche un peu. Torben protège sa horde et ne la mettrait pas en danger. Ces hommes seront gentils. Et peut-être qu'ils nous laisseront même rester pour une nuit.

Enfin, je les vois eux aussi, alors qu'ils marchent vers nous dans la neige. Notre ami est suivi par deux hommes un plus âgés que lui. La soixantaine, peut-être ? L'un d'eux est plutôt large, mais je ne dirais pas qu'il est gros. Il a juste de gros os et de la musculature. L'autre pourrait être le père de Finn : blond, maigre, avec des rides autour de la bouche qui témoignent de nombreux sourires. D'épaisses lunettes entourent ses yeux.

— Les gars, vous n'allez pas le croire ! hurle Torben de loin. On est vraiment sur Inchbrach !

— On a donc perdu des mois sur cette autre île, marmonne Ràn, avant que son frère le fasse taire.

— Voici Bertrand et Arnold, nous informe le Viking.

Ils sourient tous les deux et nous font un signe amical de la main. Cela me rappelle mon grand-père, le père de ma mère. Il avait la même attitude calme et paisible que ces deux-là.

— Enchanté, dit le plus grand, Bertrand.

Torben montre les garçons du doigt.

— Voici Finn, Húnn et Ràn.

— Et qui est cette jeune femme ? demande Arnold.

Ràn s'avance immédiatement devant moi en grognant.

— Elle est à nous.

— Ouh là, calme-toi ! Il n'y a qu'un seul ours pour moi dans ce monde.

Il prend la main de Bertrand et lui sourit. Il est clair qu'il existe plus que de l'amitié entre eux.

— Ours ? Vous êtes aussi des ours ? demandé-je, complètement abasourdie.

Quelles étaient les chances de rencontrer d'autres métamorphes ours ?

— Oui, je l'ai senti dès que je me suis approché de leur maison, dit Torben.

Il a l'air moins inquiet que ces derniers jours. Je m'en réjouis, les froncements de sourcils ne lui vont pas.

— Mais ce sont des ours que je n'ai jamais rencontrés auparavant.

Bertrand hausse les épaules et se montre du doigt.

— Je suis un panda, et Arnold est un ours à lunettes. Mais je n'ai jamais rencontré d'ours polaire. Tu n'es pas un peu loin de chez toi ?

— Cette blague commence vraiment à dater, soupire Torben. Mes ancêtres ont émigré de l'Arctique vers l'Écosse, puis vers la Norvège. Je ne suis pas un ours polaire à part entière, mais ces gènes semblent être dominants.

— Même chose pour moi, déclare Bertrand en souriant. J'ai été adopté et je ne suis allé qu'une seule fois en Chine. Sinon, que diriez-vous d'un thé chaud ? Vous avez l'air d'avoir besoin d'un peu de repos.

— Ce serait formidable ! réponds-je en m'avançant malgré le grognement protecteur de Ràn. Je suppose que vous n'avez pas de chocolat chaud ?

L e couple d'ours vit dans une grande maison de plain-pied, plus dans les terres. Elle est entourée de collines qui cachent la mer – et les autres. Sur une île où il n'y a pas d'arbres pour se protéger, on ne peut pas faire mieux. On aperçoit plusieurs autres maisons au loin, mais Bertrand nous dit tristement qu'elles ne sont plus occupées. Certains sont partis, d'autres sont morts, si bien qu'ils sont maintenant les deux seuls habitants d'Inchbrach. Je suis tentée de lui demander si les autres habitants étaient aussi des métamorphes, mais je ne sais pas si ce serait poli. Mes compétences en matière d'étiquette envers les ours laissent sérieusement à désirer.

Torben me repose à la porte du chalet. Heureusement, je n'ai même pas eu à demander à monter sur son dos. Il a dû voir à quel point j'étais épuisée. Ma cheville recommence à me faire souffrir et j'ai hâte de rentrer pour me réchauffer. Et pour dormir. Pendant très longtemps. Je n'ai pas été aussi fatiguée depuis... jamais ?

Je suis Arnold dans la cuisine, qui semble aussi être leur salle à manger. C'est basique, mais pittoresque. Ils ont même l'électricité grâce à une petite éolienne située derrière la maison.

— Assieds-toi, chérie, me dit-il.

Je suis sa suggestion avec bonheur. La chaise en bois que j'ai choisie est dure, mais pour l'instant, je m'en moque.

— Je vais nous faire du thé. Et un chocolat chaud pour toi, ma chère. Tu as l'air d'en avoir besoin.

Je ne sais pas si c'est une insulte, mais tant qu'il y a du cacao pour moi, ça me va. Mon corps a envie de sucre.

Bertrand entre dans la cuisine et me regarde curieusement.

— Pourquoi tu es là et pas dans le salon ? Je viens de remettre du bois dans le feu.

— Parce que je le lui ai dit, répond doucement Arnold. Elle avait besoin de se reposer.

— Elle se reposera plus confortablement près du feu.

— Oh, eh bien, comme tu voudras ! J'apporte le thé dans un instant.

Arnold adresse un sourire à son partenaire et en reçoit un en retour. J'adore leur mode de vie. Ils se chamaillent un peu, mais il règne beaucoup d'amour inexprimé entre eux.

Je me lève et suis Bertrand en boitant. Il se retourne lorsqu'il s'aperçoit que je suis un peu plus lente que lui.

— Qu'est-ce qu'il est arrivé à ta jambe ?

Je hausse les épaules.

— Je suis tombée d'un toit.

— Tu faisais quoi sur un toit ?

Je rougis. Cette histoire est plutôt embarrassante.

— Elle fuyait quatre ours assoiffés de sang, n'est-ce pas, Isla ?

Torben nous attend au bout du couloir, adossé à l'encadrement de la porte. Il affiche un large sourire.

— Je profitais de la vue, rétorqué-je. Jusqu'à ce qu'un ennuyeux ours polaire me fasse sursauter.

— Je ne dirais pas que cet ours polaire est ennuyeux. Pourquoi pas fringant ? Beau ? Oursement bestial ?

Je ris.

— Oursement ? Sérieusement ?

— Ça mérite d'être un adverbe. Maintenant, entre, il fait bon et chaud, ici.

Les autres nous attendent dans le salon, allongés sur des fauteuils dépareillés. Les frères occupent un canapé en cuir foncé à côté d'une bergère à l'ancienne sur laquelle Torben prend place. Le fauteuil lui va bien, un trône pour un ours alpha. Finn est étendu sur une chaise longue rouge près du feu, je le rejoins et le pousse afin qu'il me fasse de la place. Pourtant, je me retrouve à moitié sur ses genoux. Ça me convient.

Je tends les bras vers le feu pour réchauffer mes mains gelées. Après avoir passé tant de temps dehors, c'est le paradis. Je me demande si ça dérange quelqu'un que je m'endorme sur le torse de Finn. Il est plutôt confortable, même si ses muscles pourraient être un peu plus souples. Mais ils ne seraient pas aussi beaux.

Arrêtez, dis-je à mes ovaires, que j'ai baptisés Bonnie et Clyde pendant le long trajet sur la mer gelée. Oui, j'ai eu trop de temps pour réfléchir et donner des noms amusants à mes ovaires. Mais j'ai décidé qu'ils faisaient tellement de bêtises que *Bonnie and Clyde* était approprié. Le deuxième choix était Sarah et Jane, qui sonnait bien, mais je n'ai pas trouvé de raison suffisante pour le sélectionner.

— Nous n'avons qu'une seule chambre d'amis, dit Bertrand joyeusement. Ça vous dérange de la partager ?

Bien sûr que non !

— Isla prendra le lit et nous, on dormira par terre, décrète Torben.

Je grimace. Je ne dirais pas non à un ours chaud dans mon lit ce soir. J'ai encore froid, même si je suis assise devant le feu.

— De vrais gentlemen, pouffe Bertrand. Je vais préparer des couvertures pendant que vous prenez votre thé. Ah ! Voilà Arnold, je vois qu'il a utilisé le dernier thé au jasmin.

Il baisse la voix et se met à chuchoter.

— Je vais enfin pouvoir reboire de l'Earl Grey, maintenant que celui est terminé.

Arnold souffle et pose son plateau sur une table en marbre

au milieu de la pièce. Comme je l'ai dit, les meubles sont assez dépareillés, mais j'aime ça. Cela donne l'impression d'être chez soi.

Il me tend un chocolat fumant et je tombe instantanément amoureuse de lui. Pas comme ça. Pas comme avec... Euh, en tout cas, le chocolat chaud sent très bon. Et il a encore meilleur goût, même s'il est presque trop chaud.

— Où vous vous approvisionnez ? demande Húnn avec curiosité en buvant une gorgée de son thé au jasmin.

— Nous faisons des échanges, dit Arnold en haussant les épaules. Nous sommes amis avec la plupart des îles voisines, et plusieurs fois par an, l'un des grands navires de commerce fait escale. Nous n'avons pas grand-chose à offrir en retour, mais nous nous en sortons bien.

— Il y a des navires de commerce ? demandé-je avec confusion.

Je vis sur une île depuis longtemps, l'un d'entre eux est sûrement passé près de nos côtes depuis le temps. Mais les seuls inconnus que nous ayons jamais vus dans les eaux autour de l'île étaient de petits bateaux de pêche des communautés voisines. Rien d'extraordinaire.

— Ils naviguent sur l'océan et relient les continents – ou ce qu'il en reste, explique Arnold. Certains sont d'immenses villes flottantes où l'on trouve tout ce qu'on veut, à condition de pouvoir payer. Certains jeunes y vivent et n'ont jamais touché la terre ferme de leur vie. Je suppose qu'ils y voient l'avenir, si le niveau de la mer recommence à monter. Mais ce n'est pas pour moi. J'aime la terre sous mes pattes.

Je me demande encore pourquoi ces navires ne sont jamais venus sur l'île du Salut et je bois le reste de mon chocolat chaud.

Je me sens enfin réchauffée, le contact avec le torse de Finn, sur qui je suis allongée, y contribue. Je le jure, ces ours sont chauds dans tous les sens du terme.

— Tu devrais aller te coucher, murmure celui-ci en me caressant doucement les cheveux.

Je soupire de satisfaction. Son geste est si doux, si protecteur ! Je jette un coup d'œil furtif à Torben pour voir s'il est jaloux, mais il nous sourit, visiblement pas dérangé le moins du monde par ma proximité avec son compagnon de horde.

— Je vais te montrer la chambre d'amis, propose Arnold. Bertie devrait l'avoir préparée à l'heure qu'il est.

Finn me serre fort contre lui et se lève sans me lâcher. Je devrais protester pour montrer que je ne suis pas une petite femelle faible, mais je suis fatiguée et j'aime son contact. La prochaine fois, je me plaindrai. Pour l'instant, je me contente d'apprécier cette proximité tandis qu'il suit Arnold dans une grande chambre meublée d'un lit king-size au milieu. Un matelas supplémentaire a été posé par terre, recouvert d'un tas de couvertures. Nous n'aurons certainement pas froid avec tout ça.

— Certains peuvent dormir dans le salon, si vous voulez. Ce sera peut-être plus confortable, dit Bertrand en replaçant une dernière fois les oreillers du lit. Nous n'avons pas beaucoup d'articles de toilette, mais il devrait y avoir du shampoing dans la salle de bains, Isla.

— Merci, c'est très gentil de votre part.

J'ai du mal à ne pas bâiller en parlant. Il est vraiment temps que j'aille me coucher.

— Nous vous laissons tranquilles, déclare Arnold avec un léger rire et un regard complice à son partenaire.

Finn me dépose sur le lit et cette fois, je ne peux réprimer un bâillement.

— Enlève tes vêtements pour dormir, murmure-t-il en m'incitant à lever les bras.

Je suis trop fatiguée pour remarquer ce qu'il fait. Il m'enlève mon pull, puis le t-shirt que je porte en dessous, de sorte que je me retrouve en soutien-gorge. Il inspire profondément en me voyant ainsi.

— Tu es magnifique. Je peux... non, tu es à Torben.

Il soupire et Bonnie et Clyde me poussent à agir quand ils voient sa déception.

— Je ne suis la propriété de personne, dis-je calmement, sans trop savoir comment je trouve le courage de le faire. Torben ne me possède pas, je prends mes propres décisions.

Je touche sa joue – encore une fois, pourquoi je suis tout à coup si confiante ?! – et je me rapproche, si bien que je sens son souffle sur ma peau. J'attends un moment pour voir s'il proteste, mais comme il ne le fait pas, je presse mes lèvres contre les siennes et l'embrasse doucement. Il ne lui faut qu'une seconde pour répondre, puis il est entièrement là, il plaque ses lèvres douces sur les miennes, me pousse à ouvrir la bouche tout en m'attirant contre lui. Ses mains sont chaudes sur ma peau nue, elles explorent mon dos, jouent avec l'agrafe de mon soutien-gorge. Sa langue rencontre la mienne et il se balance contre moi. Son torse appuie sur mes seins. Je gémis lorsque je sens mes tétons durs contre le tissu fin du soutien-gorge. Je veux qu'il l'enlève maintenant, immédiatement. Il s'interpose entre mon ours et moi.

C'est à contrecœur que je mets fin au baiser, mais j'ai vraiment besoin de respirer à ce moment-là. Je soupire de contentement lorsque Finn profite de cette courte pause pour enfin dégrafer mon soutien-gorge. Il le fait glisser et le laisse pendre juste en dessous de mes seins pour admirer la vue. Je sais qu'ils sont de bonne taille.

Il touche avec hésitation mon téton droit de l'index, comme s'il avait peur de mal faire. Au contraire, mon petit ours. Je t'en prie, continue. Lorsque je gémis à ce contact, il sourit, me prend le sein, et...

Quelqu'un se racle la gorge derrière Finn et je pousse un cri, couvrant ma poitrine de mes mains.

— Je vois que tu empêches Isla de dormir, dit Torben en s'esclaffant et en s'approchant de moi.

Il ne semble pas le moins du monde contrarié, en fait, il regarde mon corps nu avec avidité. Enfin, à moitié nu. Malheureusement, je suis encore vêtue jusqu'à la taille. Il s'approche et se place à côté de Finn, qui a l'air légèrement gêné.

— Tu t'amuses sans moi ?

— Finn m'aidait à me préparer pour aller au lit, dis-je innocemment en montrant mes vêtements qui traînent par terre.

— Je n'en doute pas.

Je distingue une lueur prédatrice dans les yeux du Viking qui me fait frissonner d'excitation.

Puis mon corps me trahit et je bâille. Son sourire disparaît.

— Il est temps de dormir, Isla, dit-il de sa voix d'alpha qui ne tolère aucune réplique.

Je protesterais probablement s'il n'avait pas raison. J'ai du mal à garder les yeux ouverts et le sommeil commence à resserrer son emprise sur moi.

Torben montre une longue chemise de nuit noire.

— Arnold me l'a donnée. Il n'a pas dit à qui elle appartenait, mais elle est clairement faite pour une femme. Tu ferais mieux de l'enfiler avant d'avoir deux ours sur toi.

Je rougis, prends le vêtement et m'émerveille à son contact soyeux. Je crois que je n'ai jamais porté quelque chose d'aussi doux. Bien sûr, mon oncle me donnait des vêtements de bonne qualité, sa réputation dépendait en partie de moi, après tout. Mais en général, il s'agissait de lainages ou de vieux vêtements, rien d'aussi beau que celui-ci.

Ignorant le regard déçu de Finn, j'enfile la chemise de nuit et j'enlève mon pantalon. Croyez-moi, je suis tout aussi déçue de ne pas avoir pu aller plus loin que ce baiser. Il embrasse bien. Il est moins exigeant que Torben, mais pas moins intense. Oh, non ! Je suis en train de comparer leurs baisers. Quelle salope !

Mais bizarrement, je ne me sens pas coupable. Torben ne me semble pas du genre petit ami. Protecteur, possessif, oui, mais pas... exclusif, si cela a un sens. Je devrais vraiment faire des recherches sur les relations entre ours, dans l'espoir que ce qui est vrai pour les animaux s'applique aussi à mes métamorphes ours.

Je m'allonge sur le lit et je souris quand chaque garçon met une couverture sur moi.

— On te rejoint bientôt, murmure Torben.

Je suis sur le point de lui dire que je le prends au mot, mais je m'endors avant d'en avoir eu le temps.

CHAPITRE
SEPT

Je m'attendais à trouver au moins un ours dans mon lit à mon réveil. Pourtant, même le matelas par terre est vide ; je suis seule dans la chambre d'amis. Je bâille et m'étire, je me demande combien de temps j'ai dormi. Je me sens plus ou moins réveillée, alors ça doit faire un bon moment. J'avais beaucoup de sommeil à rattraper.

À contrecœur, je quitte le lit, j'enfile mon soutien-gorge, mais je reste dans la chemise de nuit soyeuse. Je n'ai pas envie de remettre les vêtements que je porte depuis des jours. Et j'aurais bien besoin d'une douche – oui, un reniflement de mes aisselles le confirme. Tant pis, mon estomac qui gargouille a la priorité. Il est temps de manger.

Je me dirige vers la cuisine. Encore une fois, elle est vide, comme toutes les autres pièces que j'ai traversées. Où sont les autres ?

— Il y a quelqu'un ? demandé-je, me sentant un peu bête.

— Nous sommes dans le salon, crie Arnold, deux portes plus loin dans le couloir.

Je le trouve assis par terre, les jambes croisées, en train de regarder un échiquier. Bertrand fait un grand sourire – on dirait qu'il vient de jouer un coup particulièrement intelligent et qu'il attend maintenant que son adversaire fasse mieux.

— Tu joues aux échecs ? me demande le panda métamorphe.

Je hausse les épaules.

— Je connais les règles, mais je n'ai pas eu beaucoup d'occasions de m'entraîner.

— Une fois que j'aurai gagné cette partie, nous pourrons en faire une, promet-il, ce qui fait gémir Arnold.

— Ne joue pas contre lui, ma chère. Tu perdras. Je perds contre lui depuis des années.

Je souris à son attitude théâtrale.

— J'aime les défis.

— J'imagine, puisque tu voyages avec quatre ours, s'esclaffe Bertrand. Comment c'est arrivé ?

— J'aimerais bien te le dire, mais je meurs de faim. Vous avez de la nourriture à me proposer ?

Je suis un peu gênée par mon effronterie, mais mon cerveau affamé est un cerveau exigeant.

Arnold grimace.

— J'aimerais bien t'offrir quelque chose, mais je dois trouver un moyen de battre Bertie. Chéri, tu pourrais préparer un sandwich pour notre invité ?

Bertrand se lève et me fait signe de le suivre dans la cuisine, mais du coin de l'œil, je vois Arnold échanger une tour avec une autre sur l'échiquier. Je me demande si son partenaire va s'apercevoir qu'il a triché. Mais je doute que cela change le destin d'Arnold.

— Où sont les garçons ? demandé-je à Bertrand pendant qu'il attrape un énorme sandwich dans le frigo.

On dirait qu'ils ont déjà préparé de la nourriture pour les autres.

— Ils avaient besoin de se transformer. Torben a insisté pour rester, mais j'ai réussi à le convaincre que tu étais en sécurité avec nous, m'informe-t-il en me tendant mon assiette, avant de faire chauffer la bouilloire. Ils ont l'air très protecteurs avec toi.

Je hausse les épaules.

— J'aimerais presque qu'ils ne le soient pas.

Non, c'est faux. J'aime la façon dont ils s'occupent tous de moi. Mais je ne veux pas l'admettre.

— C'est très mignon. Je me souviens quand Arn et moi étions comme ça... un amour naissant... c'est magnifique !

Il soupire et je suis contente qu'il se retourne pour faire le thé afin qu'il ne me voie pas rougir. Amour naissant ? Sérieusement ?

— Comment ils t'ont trouvée ?

— Je me suis enfuie de chez moi et j'ai réussi à atteindre leur île. Ils m'ont recueillie et m'ont offert un endroit où rester le temps que ma cheville guérisse.

Je ne lui dis pas que c'est leur faute si je me suis blessée.

— Puis notre maison a été endommagée par une tempête et ils ont décidé de quitter l'île plus tôt que prévu. Je suis très heureuse qu'on ait réussi à trouver cet endroit... Je n'osais même pas espérer que des personnes sympathiques vivent sur Inchbrach.

Bertrand acquiesce.

— Peu d'îles sont habitées par ici. Les gens sont partis quand les terres sont devenues trop marécageuses pour être cultivées.

Nous avons de la chance de ne pas être humains. Nous pouvons chasser sans armes ni munitions. C'est beaucoup plus facile de vivre de la terre.

Je l'imagine en panda, alors qu'il court sur les collines de cette île, et je dois cacher un sourire.

— Je ne savais pas que les pandas chassaient.

Il sourit tristement.

— Dans les moments difficiles, nous faisons tous des choses que nous ne ferions pas d'habitude. Mais ne t'inquiète pas. Pour l'instant, voici de la nourriture humaine et le meilleur thé Earl Grey. Je ne supporte pas ce truc au jasmin. Trente ans de vie avec Arn et je ne m'y suis toujours pas habitué.

— Vous avez toujours vécu sur cette île ?

— Je pense que nous y sommes depuis deux décennies, maintenant. En fait, c'était une péninsule quand nous avons emménagé ici, mais ça a changé, bien sûr. Nous avons eu la chance que le village soit situé à une bonne altitude et qu'il n'ait pas été détruit par l'Immersion comme tant d'autres. Pourtant, la plupart des gens sont partis, et désormais, il ne reste plus qu'Arnold et moi. Nous n'avons jamais été très sociables, mais nous nous sentons parfois un peu seuls.

Il hausse les épaules et nous sert trois grandes tasses de thé.

— Mais ça m'a rendu très bon aux échecs. Arn, pas tellement. Tu veux retourner dans le salon ? Il fait plus chaud près du feu.

Il regarde ma chemise de nuit avec insistance, mais je n'ai pas d'autres vêtements à mettre que ceux qui ont besoin d'être lavés d'urgence. Je le suis, remarquant que je ne boite presque plus. Enfin ! Même si ça va me manquer d'être portée par les garçons.

Nous nous asseyons sur l'un des canapés. Arnold nous rejoint. Il soupire de déception parce qu'il n'aura pas de thé au jasmin. Sérieusement, qu'est-ce que ces hommes ont avec le thé ? Pour un panda et un ours à lunettes, ils sont certainement très britanniques !

Nous sirotons notre breuvage en silence, seul le bruit du feu qui crépite me distrait de mes pensées. Je ne peux pas m'imaginer vivre au même endroit pendant vingt ans comme ces deux-là. J'ai toujours voulu voyager, explorer le monde et découvrir de nouveaux endroits. Je rêvais de rencontrer des personnes plus ouvertes et plus amicales que les gens de l'île du Salut. Et d'échapper au règne de mon oncle, bien sûr. Je suis presque certaine que même s'il ne m'avait pas imposé un mariage, je me serais enfuie un jour ou l'autre. Mais je ne voulais pas laisser les habitants de l'île sans guérisseur. Je me demande si mon oncle cherche à me remplacer. Je ne sais pas trop comment il s'y prendrait, mais je ne serais pas surprise qu'il kidnappe quelqu'un.

Je suis si heureuse d'être loin de lui ! Je peux prendre mes propres décisions, maintenant. Comme voyager avec quatre ours métamorphes.

— Vous savez quand ils seront de retour ?

Arnold consulte l'horloge de la cheminée.

— Ça ne devrait pas être long. Ils sont sortis depuis un bon moment déjà. Je pense que les ours en eux étaient affamés et exigeaient d'être libérés. C'est une chose de courir sur la glace, mais ça n'a rien à voir avec le plaisir de courir sur la terre ferme pour s'amuser.

— Je vais vous voir vous transformer, tous les deux ? lâché-je.

Je m'en veux immédiatement. Ce n'était pas très poli. Mais heureusement, ils ont l'air plus amusés qu'offensés.

— Nous n'avons plus besoin de nous transformer aussi souvent que tes compagnons, mais oui, j'ai l'intention d'aller courir ce soir, dit Bertrand en souriant. Je pourrai peut-être nous trouver de la viande pour le dîner.

J'ai encore du mal à imaginer un panda en train de chasser, mais j'espère que je pourrai le voir en action plus tard dans la journée.

— Nous avons déjà parlé à Torben de la suite des événements. Vous pouvez rester avec nous, mais la maison est assez petite et vous aurez peut-être besoin d'un peu d'intimité. Deux des maisons du village sont en bon état, vous pouvez donc vous installer dans l'une d'elles tant que vous restez à Inchbrach. Quand ils sont partis, beaucoup de gens n'ont pas emporté toutes leurs affaires, donc vous pourriez aussi trouver des choses utiles là-bas.

— Oui, deux sœurs vivaient dans la maison rose, la plus éloignée d'ici, ajoute Arnold. Elles ont laissé des vêtements, mais comme nous n'en avions pas l'utilité, ils devraient encore être dans leurs armoires.

— Merci, je vais jeter un coup d'œil, dis-je, déjà très enthousiaste.

On dirait une vraie chasse au trésor. Mais je ferais mieux de m'habiller d'abord, il fait froid dehors et la neige est encore tombée pendant la nuit. Ce n'est vraiment pas une bonne idée de me promener en chemise de nuit, même si elle est très jolie.

— Je pense que tu devrais porter ça.

Húnn tient une petite robe noire qui me fait frissonner rien qu'en la regardant.

— Tu as regardé dehors récemment ? C'est l'hiver, je ne vais pas me promener dans ce... chiffon.

Je mets la main sur ma hanche pour renforcer le message. Parfois, je dois être ferme avec les ours. Qu'est-ce que je dis, parfois ? Toujours. Surtout quand ils fouillent dans la garde-robe d'une femme, essayant de me persuader de mettre les vêtements les plus légers qu'ils puissent trouver. Et le pire, c'est qu'ils ont commencé à se liguer contre moi. Les quatre ours ont insisté pour m'accompagner. Ils ont l'air de considérer cela comme une séance de shopping. Moi, je vois cela comme une torture.

— Qu'est-ce que tu penses de ça ? demande Húnn en me tendant une robe rouge trouée à des endroits très inappropriés.

Bizarrement, on dirait qu'elle est censée être comme ça. Et ce décolleté... je dirais plutôt un maxi décolleté.

— Aucune chance.

Au lieu d'abandonner comme il l'a fait auparavant, il le tient devant moi comme s'il essayait de m'imaginer dedans.

— Un jour, je te ferai porter ça.

Il me fait un clin d'œil et un frisson me parcourt le dos, provoqué par mes ovaires qui rougissent et gloussent. Il me regarde déjà avec un désir à peine déguisé en ce moment, alors je n'ose même pas imaginer ce qu'il ferait si je portais cette robe... Je devrais vraiment le faire.

Je me retourne vers les trois autres garçons, qui sont assis sur le lit couvert de poussière en face de l'armoire. Je pensais qu'ils s'ennuieraient, mais ils ont l'air de s'amuser.

— Húnn, donne-lui ce truc vert foncé, suggère Ràn en désignant une longue robe émeraude qui pourrait facilement dater de l'époque victorienne.

Cela ne veut pas dire qu'elle n'est pas jolie... en fait, je l'aime bien. Elle couvre tous les endroits importants tout en gardant une forme féminine.

— Bon, d'accord ! soupiré-je théâtralement.

Je ne veux pas qu'ils sachent que je l'aime vraiment.

— Je vais l'essayer. Dans l'autre pièce.

— Non, fais-le ici, exige Torben, la voix rauque.

Oh non ! Le regard qu'il me lance me fait fondre. Comme s'il était sur le point de bondir et de me manger toute crue. Je me demande s'il a prévu ça depuis le début. S'il voulait que je me mette nue devant les autres en faisant semblant de chercher des vêtements. Et nue devant *lui*. Mon ours polaire. Le premier homme que j'aie embrassé. Merde, pourquoi je trouve ça si excitant ?

— Je ne suis pas sûre que ce soit une bonne idée, marmonné-je, déchirée entre mon sens de la décence et l'excitation qui m'envahit.

— Pourquoi pas ?

La chaleur dans les yeux de l'alpha est presque insupportable à regarder.

Les trois autres n'ont pas l'air très différents. Les prédateurs en eux sont proches de la surface et ils veulent sortir. Ils me veulent moi. Ou peut-être cette robe.

Je ne peux pas m'en empêcher, j'enlève mon pull et me retrouve encore une fois en soutien-gorge. Finn devrait être habitué à cette vue maintenant, mais il inspire profondément, les yeux fixés sur ma poitrine. Je dirais qu'il est impoli, mais c'est flatteur.

Vient ensuite mon jean. Il est déchiré aux extrémités et raide à cause de la saleté, alors je suis contente de m'en débarrasser. Le lavage est la prochaine étape de ma liste de choses à faire. Ensuite, je m'occuperai de mes ours en chaleur.

Désormais en sous-vêtements, je tends la main vers Húnn pour lui demander la robe, qu'il tient toujours. À contrecœur, il me la tend. Avec un sourire, je la passe par-dessus ma tête, appréciant sa douceur sur ma peau. Elle est propre, même si elle sent un peu la naphtaline. Rien qu'un peu de savon ne puisse arranger.

Je tourne le dos à Húnn.

— Remonte la fermeture éclair, s'il te plaît.

Celle-ci descend très bas, presque jusqu'à mes fesses. Je suis sûre qu'il voit ma culotte, mais il la remonte comme je le lui demande, sans même toucher ma peau par accident. J'aurais préféré qu'il le fasse. Je me tourne vers les garçons et exécute une fausse révérence.

— Ça te plaît ?

Torben se lève et me fait tourner en posant ses mains sur mes épaules, il m'inspecte sous tous les angles.

— Magnifique ! murmure-t-il en me rapprochant de lui.

Il pose les mains sur ma taille et me maintient tandis qu'il plonge son regard dans le mien. Mes ovaires sont au bord de l'évanouissement, tout comme moi. Dans ses bras, je me sens spéciale. Il s'approche toujours plus, si bien que ses lèvres touchent les miennes. Ce n'est pas un baiser, juste une douce rencontre de peau et de respirations.

Mais ensuite, il la transforme en baiser, un baiser sauvage et exigeant. Il me réclame devant les autres, leur montre clairement que je lui appartiens. Que je suis à l'alpha.

Sa langue effleure mes dents et je suis tentée de la mordre doucement, mais je ne veux pas faire ressortir l'ours qui est en lui. Je me laisse couler dans son baiser, je réponds quand il me frôle, je lui donne accès quand il en a besoin. Nous nous fondons l'un dans l'autre, la frontière entre nous disparaît. Quelque chose d'étrange est en train de se produire. J'ai l'impression d'être... plus. Comme si ma conscience s'était élargie et n'était plus confinée à ses limites antérieures. Je ressens tellement plus ! Mes sens m'envoient des signaux que je n'ai jamais reçus auparavant. J'entends soudain les respirations des garçons sur le canapé comme s'ils étaient à côté de moi. La pièce froide n'est plus aussi glacée, comme si le chauffage avait été allumé. Et mes pensées sont plus... sauvages. Féroces.

J'en veux plus.

Je romps le baiser et j'arrache le haut de Torben, sans m'arrêter pour réfléchir à la raison pour laquelle j'ai soudain la force de déchirer le tissu aussi facilement. Il ne porte rien en dessous et ses abdominaux m'appellent. Je passe ma langue sur sa peau, je le goûte. Il est salé et masculin, et j'en veux plus. Tellement plus !

Mes ongles laissent des marques sur son dos. Il gémit quand je descends et trace une ligne avec ma langue jusqu'à son jean. Sa ceinture me gêne, alors je l'arrache, le fermoir métallique se brise en deux. Son bouton vole dans les airs tandis que je baisse son pantalon et dévoile une verge dure qui n'attend que mon attention. J'embrasse son gland et le serre fort, ce qui fait à nouveau gémir Torben.

— Isla, arrête, murmure-t-il.

Mais je m'en fiche complètement. Il est à moi et je l'ai. Fin de l'histoire.

Je le prends dans ma bouche, j'apprécie la sensation de son goût qui se mêle au mien. Je commence à sucer, sans me demander comment je sais soudain ce qu'il faut faire. Mais ses gémissements suffisent à me dire que je me débrouille bien. J'agrippe ses fesses avec force, ce qui le fait basculer vers l'avant, son membre s'enfonce dans ma gorge. Mes gémissements contre lui font écho aux siens.

Lorsque je recule pour inspirer profondément, il me soulève brusquement et me dépose sur le lit, qui est maintenant vide. Je regarde autour de moi, confuse. Où sont les autres ?

— Il n'y a plus que toi et moi, Isla, murmure Torben en soulevant ma jupe et en écartant mes jambes.

Je ne porte plus que ma culotte, qui est mouillée, probablement translucide. Il s'agenouille sur le lit et me regarde avec une expression indéchiffrable. Ce n'est plus la faim, non, c'est quelque chose de plus profond.

— J'aurais dû te prévenir, lâche-t-il.

Mais au lieu d'en dire plus, il m'embrasse entre les jambes. Je frémis devant l'intensité de ce que son léger contact provoque en moi. Je suis déjà sur le point de jouir, et il n'a même pas commencé à me toucher avec autre chose que sa langue. Il tire ma culotte sur le côté et commence à laper mon excitation.

C'est presque trop. Je suis tendue, j'attends une libération que je ne me permets pas encore. Sa langue me fait des choses que je n'ai jamais ressenties auparavant. C'est vrai, je n'ai jamais été avec un homme, mais j'ai exploré mon corps. Pourtant, mes doigts n'ont jamais réussi à m'amener au point d'extase vers lequel Torben me conduit maintenant. Il glisse un doigt en moi... personne ne l'a jamais fait auparavant. C'est bon, non, incroyable. Il m'en faut plus.

— Plus, gémis-je.

Il ajoute un deuxième doigt. C'est légèrement inconfortable, mais le plaisir que cela me procure fait immédiatement disparaître la douleur.

— Je ne devrais pas faire ça, murmure-t-il, plus à lui-même qu'à moi.

Mais il ne s'arrête pas. Il bouge en moi, me fait frissonner chaque fois que son pouce touche le point le plus sensible de tous. Sa main toujours en moi, il se lève et me rapproche du bord du lit.

Sa verge attend de me rencontrer. Torben me fixe des yeux et je lui renvoie son regard pour lui dire silencieusement que je suis prête. Je suis prête depuis un moment.

Lorsque ses doigts me quittent, je me sens vide jusqu'à ce qu'il appuie sur mon intimité. Sa verge est tellement plus grande que ses deux doigts et je sais que ça va faire mal. Tout le monde le dit. Mais je suis sûre que ça en vaut la peine.

Avec une lenteur surprenante, il s'enfonce et mes parois intimes commencent à s'étirer pour l'accueillir. Son sexe est grand et je commence à douter qu'il puisse tenir.

Une douleur aiguë me fait hurler. Il s'arrête immédiatement.

— Tu vas bien ? demande-t-il, l'air un peu confus, avant d'écarquiller les yeux quand il réalise qu'il est mon premier. Oh...

— Ne t'arrête pas, gémis-je.

Après un moment d'hésitation, il continue à me pénétrer. Enfin, il est entièrement entré et la douleur a été remplacée par un sentiment de plénitude. D'entièreté. J'étais incomplète et maintenant, je suis entière.

— Dis-moi si ça fait mal, me prévient-il.

Il commence à ressortir. Et à s'enfouir à nouveau. Il adopte un rythme doux et mon esprit se vide. En ce moment, rien n'a d'importance à part lui. Je fais abstraction de toutes les autres sensations et me concentre sur la connexion entre nous qui pulse en moi comme un phare. Nous sommes en train de créer quelque chose de magnifique, j'en suis sûre.

Il me rapproche de l'orgasme, il accélère le rythme en réponse à mes gémissements.

Puis j'atteins l'extase alors qu'un dernier coup de reins me fait voler en éclats. Je me brise en morceaux et mon esprit se disperse, perdu.

Dans le brouillard, je sens la douleur dans mes doigts. Dans ma bouche. Je bouge et ressens quelque chose de nouveau, un nouveau goût. J'aime ça. J'aspire, j'avale la lumière en moi. La douleur s'atténue suffisamment pour que je puisse ouvrir les yeux et regarder le visage horrifié de Torben avant qu'elle ne revienne au centuple et m'emporte dans l'obscurité.

CHAPITRE
HUIT

J e ne sais pas où je suis, mais il fait trop clair. La lumière me fait mal aux yeux, même si je les garde résolument fermés. Quelque chose ne va pas. Mon corps est différent. Étrange. Pas familier.

Il n'y a pas que la luminosité. J'ai aussi mal à la tête. Et aux mains. Et aux pieds. Partout, en fait. Je ne suis qu'une boule de douleur. Qu'est-ce qui se passe ?

J'ai peur d'ouvrir les yeux. Pas seulement parce que la lumière va me faire mal. J'ai peur de ce que je vais trouver. Ce qui ne me ressemble pas du tout. Allez, Isla, ressaisis-toi ! Ne sois pas une poule mouillée. Quoi qu'il arrive, tu y feras face.

C'est vrai.

Un instant.

Presque prête.

J'ouvre les yeux et regarde autour de moi. Étrangement, je suis de retour dans la chambre d'amis du chalet des métamorphes d'Inchbrach. La seule lumière est celle du soleil qui traverse la grande fenêtre. La lampe au-dessus de moi n'est même pas allumée. Alors pourquoi il fait si clair ? Je cligne des yeux, essayant de dissiper la douleur dans ma tête. Ce n'est pas normal. Je sais que ce n'est pas aussi aveuglant que ça en a l'air, mais mon cerveau n'écoute pas mes yeux. Ou vice versa. Tout mon corps est désynchronisé.

Mes mains me font encore mal. Je les regarde, mais elles n'ont rien d'anormal... oh, attendez ! J'ai du sang séché autour des ongles. C'est bizarre. Est-ce que j'ai été un peu trop brutale quand j'étais avec Torben ? Je ne vois aucune blessure, donc ça ne peut pas être mon sang.

Oh, non ! Je l'ai blessé ?

Je sors du lit en trébuchant, je remarque la même douleur étrange dans mes pieds. Je vérifie et oui, j'ai aussi du sang séché autour des ongles des orteils. Qu'est-ce. Qui. M'arrive ?

Quelque chose ne va pas du tout. Je commence à avoir vraiment peur.

— Torben ? appelé-je dans l'espoir qu'il soit à proximité et qu'il m'entende.

Je n'ai vraiment pas envie d'être la demoiselle en détresse qui attend son héros, mais en ce moment, j'aurais bien besoin d'être rassurée. Je me suis évanouie pendant l'acte, maintenant, j'ai des problèmes avec les yeux, du sang sur les mains et mes sens sont perturbés. C'est comme si l'air était deux fois plus intense sur ma peau exposée, et chaque pas que je fais sur le parquet est deux fois plus bruyant qu'il ne devrait l'être. Peut-être que j'ai une migraine. Je me souviens que ma tante en souffrait et devait rester dans une pièce sombre pendant des heures, voire des jours. C'est peut-être ce qui se passe.

Une explication rationnelle.

Mais je vis avec des ours métamorphes. Mon monde n'est plus rationnel.

J'essaie de marcher le plus silencieusement possible pour éviter que ma tête battante ne me fasse encore plus mal, mais cela ne sert à rien. Tout est trop bruyant. J'ouvre la porte de la chambre et des voix me parviennent. Elles ne sont pas proches, mais suffisamment fortes pour que je les comprenne.

— Tu as commis une erreur, dit Bertrand, en colère et avec un sérieux inhabituel.

Je m'arrête dans mon élan, j'écoute aux portes. Je sais que ce n'est pas poli, mais pour l'instant, je m'en fiche. Si Torben était ici avec moi, je n'aurais pas à écouter. Et oui, je sais que ça n'a pas de sens. C'est la faute de ma tête douloureuse.

— Tu aurais dû le lui demander. Lui donner le choix. Tout lui expliquer. Maintenant, il est trop tard. Tu es prêt à en assumer les conséquences ?

Je suis presque sûre qu'ils parlent de moi. Et je suis contente que Bertrand s'emporte pour moi, même si je ne sais pas de quoi il s'agit.

— Je n'ai pas pu m'en empêcher, se défend Torben. L'ours en moi a pris le dessus.

— Tu devrais avoir plus de contrôle que ça, grogne Bertrand. Tu es un alpha, putain ! Si tu sais que tu n'as pas assez de contrôle, ne te mets pas dans une telle situation.

Il marque une pause et je commence à penser qu'il a fini, mais il reprend, la rage colorant sa voix.

— Et vous, vous n'auriez pas dû les laisser seuls. Je sais que c'est votre alpha, mais parfois, nous commettons aussi des erreurs. C'est à vous de le lui dire quand il a tort. Il a peut-être gâché l'avenir de cette pauvre fille, mais vous êtes tous à blâmer.

Je devrais probablement en être plus affectée, mais tout ce qui me vient à l'esprit, c'est qu'un panda est en train d'engueuler un ours polaire. Je glousse et les voix des hommes se taisent. Un instant plus tard, une porte s'ouvre dans le couloir.

— Isla ? Tu es réveillée ?

C'est Torben. Et il a l'air d'avoir beaucoup de remords. Pour ne pas dire qu'il est embarrassé.

— Tu as fait quoi ? demandé-je, toujours dans le noir.

— Regarde-toi dans le miroir, dit-il tristement.

Mon cœur se serre. Cela ne peut pas être bon.

Je retourne dans la chambre, suivie par Torben comme un ourson abattu. Un miroir est accroché sur l'armoire. Je me regarde et – c'est quoi, ce bordel ?

— Tu m'as fait quoi, putain ? lui crié-je, en montrant mes yeux bleus désormais brillants. Comment tu as changé la couleur de mes yeux ?

Il n'essaie même pas de se défendre, il se contente de me fixer d'un air étrange.

— Quoi ?!

— Tes mains.

Je les porte à mon visage et... c'est un rêve. J'hallucine. Je ne vois absolument pas de griffes là où se trouvaient mes ongles il y a un instant. Des griffes comme celles de Torben quand il est en ours. Et des yeux bleus comme les siens.

Non, ce n'est pas possible ! Je refuse de l'accepter.

— Je ne me transformerai pas en l'un des vôtres, tu rêves ! hurlé-je en cachant mes mains derrière mon dos.

Si je ne peux pas le voir, ça n'existe pas. Mais les griffes qui mordent mes paumes racontent une autre histoire.

— Ce n'est pas le cas.

Je lève les yeux. Si ce n'est pas ça, qu'est-ce qui m'arrive ? Mais son expression sinistre n'est pas une bonne nouvelle.

— L'effet n'était censé être qu'un lien mental, pas un lien physique... déclare-t-il en se tordant les mains, ce qui me fait grogner de frustration face à ses tergiversations. Je n'étais pas encore sûr que le lien se produirait réellement, alors je ne t'ai pas empêchée de...

— Attends, tu rejettes la faute sur moi ?

Je n'arrive pas à y croire.

— Non... Mais...

Torben l'alpha a disparu, je suis face à un jeune homme effrayé qui sait qu'il a fait quelque chose de mal. Et je déteste le voir comme ça. Mais je déteste encore plus être consciente que j'ai changé et ne toujours pas savoir en quoi.

Je lui tends mes mains griffues.

— Fais-les disparaître.

— Je ne peux pas.

— C'est toi qui m'as forcée à les avoir, fais-les disparaître.

Les larmes s'accumulent dans mes yeux, j'essaie de les chasser. Je ne peux pas m'effondrer maintenant, pas devant lui.

— Je suis vraiment désolé, dit-il doucement en se passant une main dans les cheveux. Ça n'aurait pas dû arriver. Mais je me rattraperai, je le jure.

Je l'arrête d'un seul regard de pure fureur. Je suis livide.

— Dis-moi juste une chose. Tu savais que ça pouvait arriver ?

Il déglutit difficilement, mais ne dit rien.

Une larme coule sur ma joue. Je pensais être en sécurité avec eux. Je leur faisais confiance. Je lui faisais confiance. Mais j'avais tort. J'aurais dû apprendre du passé. La confiance est dangereuse.

Je ne peux pas le laisser me voir pleurer. Je ne veux pas lui donner ce pouvoir.

Je le dépasse et cours dans le couloir. Mes pieds nus font du bruit sur le parquet, ce qui amplifie mon mal à la tête, mais je continue à courir hors de la maison, dans la neige, loin des hommes que je croyais être mes amis.

Pour une fois, je ne ressens pas le froid. Au contraire, la course me réchauffe et je me délecte de la sensation de ma peau chaude sur la neige. Ce n'est pas de la neige fraîche, la fine couche de glace qui s'est formée sur la surface craque dès que je marche dessus. La plupart du temps, je m'enfonce, ce qui rend la course plus difficile. Mais mon esprit n'est pas concentré sur ce qui m'entoure. Dans ma tête, je vois Torben, Finn, Húnn et Ràn qui me regardent, mes nouveaux yeux, mes griffes.

Les griffes de mes orteils se sont rétractées à un moment donné, mais elles sont encore bien présentes sur mes mains. Je ne les regarde pas. Elles sont la preuve que je suis différente et que tout a changé. Je pensais avoir trouvé des gens en qui je pouvais avoir confiance. Sur l'île du Salut, j'ai toujours été seule, je me suis toujours battue pour moi. J'avais une seule amie, et quand elle est partie, je me suis sentie encore plus seule qu'avant. La découverte des ours a réveillé en moi quelque chose que j'avais gardé enfoui pendant longtemps. Depuis que mes parents sont morts et que j'ai emménagé chez mon oncle. Je m'étais donné l'espoir d'avoir enfin des amis. Des gens qui s'intéressaient vraiment à moi. Des gens qui ne voulaient pas de moi comme monnaie d'échange, mais parce qu'ils m'aimaient bien.

J'aurais dû savoir que ce n'était pas réel. Que ça ne durerait pas.

Je n'aurais jamais dû leur ouvrir mon cœur. Maintenant, il me fait mal, il saigne, et je n'ai personne pour me rattraper.

Je m'arrête et essuie les larmes chaudes sur mes joues. Je n'ai aucune idée du temps que j'ai passé à courir. Je ne vois rien d'autre que des collines couvertes de neige. Je dois être loin à l'intérieur des terres et je réalise que je n'ai aucune idée de la taille de cette île. Lorsque nous sommes arrivés, nous avions voyagé pendant des jours et j'étais trop fatiguée pour regarder autour de moi. Aujourd'hui, je regrette de ne pas l'avoir fait. Mes nouvelles griffes ne m'aideront pas à survivre ici. Je n'ai peut-être plus froid, mais cela ne veut pas dire que cela va durer. Je ne porte que ma chemise de nuit et je suis pieds nus. Tu parles d'un manque de préparation !

Il n'y a pas d'abri, ici. Il n'y a même pas un seul arbre. Les seules plantes sont quelques buissons, le reste est couvert de neige.

Le temps a tellement changé ces dernières années ! Tout le monde pensait que le niveau de la mer augmenterait encore, mais à un moment donné, il s'est arrêté. Puis il a fait plus froid. Pas un froid digne de l'ère glaciaire, mais les saisons sont devenues plus marquées. En Écosse, il n'y a jamais eu beaucoup de différences entre les saisons. Il y avait du vent et de l'humidité la plupart des mois, avec un peu plus de soleil en été et un peu plus de froid en hiver. Mais aujourd'hui, nos hivers sont vraiment froids. Nous avons de la neige pendant plusieurs mois d'affilée, ce qui n'arrivait auparavant que dans les Highlands. Et il fait de plus en plus froid chaque année. C'est peut-être le début d'une ère glaciaire, mais en l'absence de scientifiques ou d'un réseau de communication mondial, je doute de pouvoir le découvrir.

Enfant, la neige m'émerveillait. Je passais des heures à jouer avec le truc blanc doux qui tombait du ciel. Aujourd'hui, elle menace ma survie. Et je vais survivre, ours ou pas. Je me le dois à moi-même. Je me suis battue pendant la majeure partie de ma vie, je ne vais pas m'arrêter maintenant. Pas à cause de quelques griffes.

Cela ne me battra pas.

Je souris à ma résolution. L'ancienne Isla est de retour. La jeune femme qui ne pleure pas, qui ne se laisse pas porter par les hommes. Je ne suis pas faible. Je vais m'en sortir.

Je lève les yeux vers le soleil. Il a presque atteint son zénith, ce qui signifie que je cours depuis au moins trois heures. J'ai eu l'impression qu'il s'agissait de minutes plutôt que d'heures. Il va falloir que je m'habitue à ces nouveaux sens et à ces nouvelles sensations. J'ai aussi l'impression d'être beaucoup plus forte maintenant. Je n'ai jamais été particulièrement sportive, courir plus de dix minutes m'essoufflait. Maintenant, je viens de courir pendant plusieurs heures. Mon corps a clairement changé. Beaucoup. Une fois que j'aurai trouvé un abri, je poursuivrai mes recherches. J'ai une formation de guérisseuse et mon esprit a toujours été méthodique. S'il y a une question, je trouverai une réponse.

Mais commençons par le commencement. J'ai besoin d'un arbre, d'une grotte ou même d'un creux où je puisse établir ma base. Nos hôtes ont dit que tous les habitants de l'île étaient partis, alors peut-être que je dénicherai d'autres maisons abandonnées à l'écart du village. Ce serait l'idéal. Une petite maison pour moi. Mais comment en trouver une ?

Hmm. Si je devais construire une maison, je voudrais qu'elle soit près de l'eau. Pas exposée. De l'espace autour pour des champs ou des pâturages. Et pas trop loin de la mer. Ce qui ne m'aide toujours pas. Je n'ai aucune idée de l'endroit où se trouve la mer et je n'ai pas vu de ruisseau ou de rivière.

Je soupire et me remets à courir tout droit. Peut-être que j'aurai enfin de la chance et que je trouverai miraculeusement un abri.

Et si ce n'est pas le cas, je vais devoir passer la nuit dehors et continuer mes recherches demain. Mais il n'est que midi, j'ai encore le temps. Et malgré les heures de course, je ne suis pas du tout épuisée. Au contraire, je me sens plus vivante que jamais. L'énergie coule dans mes veines, elle cherche un exutoire. J'aimerais bien avoir un punching-ball en ce moment.

C'est complètement bizarre. Je n'ai jamais boxé de ma vie. Pourquoi j'ai envie de frapper quelque chose ?

Je souris. Cela pourrait avoir un rapport avec les quatre ours métamorphes. Oh, comme j'aimerais les frapper tous ! Entre les jambes, de préférence. Surtout Torben. Il a trahi ma confiance et je vais le faire souffrir pour ça. Pas maintenant. J'ai d'autres priorités. Mais je vais enfermer cette rage pour l'avenir. Elle sera prête quand j'affronterai Torben et ses ours, et il ne saura pas ce qui l'a frappé.

CHAPITRE
NEUF

Je n'ai jamais aimé le nom de l'île du Salut. Mais là, j'ai envie d'appeler la petite maison qui me fait signe au loin le cottage du Salut.

La nuit est presque tombée et j'ai couru toute la journée, mais je ne me sens encore qu'un peu fatiguée. Je pourrais probablement courir encore quelques heures. Il me faudra un peu de temps pour m'habituer à cette énergie illimitée.

Je descends la colline où je me trouve et me rapproche de plus en plus du cottage. Il est minuscule, probablement une pièce ou deux, mais il est parfait. Il a un toit et une porte, qu'est-ce qu'une fille peut bien vouloir de plus ? Il y a peut-être même une cheminée, mais je doute qu'il y ait encore de la tourbe. Comme il n'y a pas d'arbres sur cette île, ils utilisent la tourbe comme source de combustible. Arnold et Bertrand en avaient une grande pile dans une cabane dans leur jardin, mais ce cottage n'en a peut-être pas. Tant pis, je me contenterai de ce que je trouverai là-dedans.

Cinq minutes plus tard, j'entre dans ma nouvelle maison. La porte est de travers et une couche de neige s'est accumulée dans l'entrée. La maison est aussi froide que l'extérieur, mais au moins, elle est sèche. Il y a un porte-manteau au bout du petit couloir et une porte de chaque côté. J'ouvre d'abord celle de gauche et j'entre dans la cuisine. Une cuisinière à l'ancienne est entourée d'un évier et de quelques armoires couvertes de poussière, une table en bois et deux chaises complètent la pièce. C'est petit, mais pittoresque. J'imagine une vieille grand-mère vivant ici, préparant du porridge dans la grande marmite rouillée qui se trouve encore sur la cuisinière.

Je fouille dans le placard et pousse un cri de joie lorsque je trouve une conserve de haricots blancs à la sauce tomate. C'est un délice d'avant l'Immersion que je n'ai mangé qu'une seule fois dans ma vie. Je vais festoyer comme une reine, ce soir !

Je ne découvre pas d'autre nourriture dans les placards, cette boîte a dû être laissée par erreur lors du départ des précédents occupants. Je m'apprête à aller explorer l'autre pièce quand je remarque une petite porte au fond de la pièce. Curieusement, je l'ouvre et... je ris. Encore de la nourriture !

Des dizaines de boîtes de conserve attendent leur nouvelle maison – mon estomac. Il s'agit principalement de soupes et de ragoûts, mais je trouve encore une boîte de haricots blancs et deux boîtes de pêches sucrées. Je me souviens que ma mère les mettait sur des crêpes avec un généreux saupoudrage de cannelle, ce qui fait grogner mon estomac.

Je suis tentée d'en ouvrir une immédiatement et de dévorer toutes les douceurs sucrées d'un seul coup, mais mon esprit gagne la bataille contre mon estomac. Explorons d'abord la maison avant de manger.

L'autre pièce est une petite chambre avec un vieux lit double. On dirait l'un de ceux qui grincent et dont on sent chaque ressort dès qu'on se tourne. Il n'y a plus de draps, mais je trouve une couverture rêche dans l'armoire, ainsi que quelques vêtements. Certes, ils sont deux fois trop grands et datent d'il y a cinquante ans, mais ça fera l'affaire. C'est mieux que de se promener en chemise de nuit. Je choisis un jogging et un gros pull moelleux et je me sens tout de suite plus à l'aise. Je trouve même un foulard à enrouler autour de ma taille comme une ceinture pour éviter que le pull ne me gêne. Les seules chaussures sont des talons hauts qui sont au moins deux tailles trop petites, et une paire de pantoufles en feutre. Il faudra que je trouve une alternative pour l'extérieur, mais pour l'instant, les pantoufles feront l'affaire. Le sol est couvert de poussière et mes pieds nus sont déjà sales.

Une petite cheminée trône en face du lit, je note mentalement de chercher de la tourbe. Il y a peut-être une réserve quelque part à l'extérieur. Une boîte d'allumettes est posée au-dessus, c'est bon signe. Même si je n'ai pas froid maintenant, cela ne veut pas dire qu'il en sera ainsi plus tard. Je préfère être préparée.

Je fais une autre découverte en ouvrant le tiroir de la table de nuit. Un livre ! Les contes des frères Grimm. Devinez ce que je vais faire ce soir – oh ! Pas d'électricité, donc pas de lumière. Je ferais mieux de me dépêcher avant qu'il ne fasse trop sombre pour voir quoi que ce soit.

Une porte fissurée mène à une salle de bains. La douche ne fonctionne plus, le robinet non plus. Je suppose que je vais devoir me laver avec de la neige pour l'instant, jusqu'à ce que je trouve un ruisseau ou même la mer. Et je creuserai un trou à l'extérieur pour en faire mes toilettes – sans chasse d'eau fonctionnelle, celles-ci sont inutiles. Un miroir s'offre à ma vue, je l'essuie avec ma manche. Mes yeux bleus me fixent, je suis tentée de détourner le regard. Ils sont trop brillants, trop intenses. Quelque chose d'autre est différent... il me faut un moment pour comprendre ce que c'est. Mes cheveux ont maintenant de fines mèches blond pâle. Jusqu'à présent, ils ont toujours été d'un brun ennuyeux, banal, mais ces nouvelles mèches... j'admets à contrecœur qu'elles me plaisent. Même si elles me rappellent les cheveux blonds de Torben. Quel connard, ce type ! Il s'est même infiltré dans mes cheveux – mon cœur et mon esprit ne suffisaient pas ?

Je regarde mes mains et souris en voyant que mes ongles normaux sont revenus. Je me demande si les griffes n'étaient pas un attribut exceptionnel, mais à en juger par l'expression de Torben lorsqu'il les a vues pour la première fois, je ne pense pas que ce soit le cas. J'ai changé de façon permanente et je ne connais toujours pas l'étendue de ces modifications.

Mon estomac gronde à nouveau.

— Oui, allons te chercher quelque chose à manger, me dis-je à moi-même – et à mon estomac –, rompant ainsi le silence inquiétant qui règne dans la maison.

J'imagine facilement que le fantôme de la précédente occupante s'attarde encore ici. Elle est peut-être encore en vie quelque part. Mais pour l'instant, je suis reconnaissante de son départ et de la possibilité que cela m'offre de m'approprier sa maison. Sans loyer. Cela me fait sourire. L'argent était si important avant l'Immersion ! Je passais la majeure partie de la semaine à planifier la façon dont je dépenserais mon argent de poche. Maintenant, je m'en fiche complètement. L'argent n'a plus d'importance, tout ce qui compte, c'est d'avoir assez de nourriture et de provisions pour survivre. Ce qui est le cas, pour l'instant. Je devrais vraiment rationner les conserves que j'ai. Arnold et Bertrand ont parlé d'un navire de commerce qui viendrait ici de temps en temps, mais je n'ai rien à échanger. En y réfléchissant, même les vêtements que je porte ne sont pas à moi. Si je pensais que j'étais pauvre avant, ce n'est plus le cas maintenant.

Mais je m'ai moi. Ça sonne vraiment triste. D'accord, j'ai aussi Bonnie et Clyde. Et mon estomac qui gargouille. Tous les trois ne sont pas de la meilleure compagnie. Je ferais mieux de m'habituer à être seule. Seule avec mes pensées.

Les haricots blancs à la sauce tomate sont délicieux, même froids. C'est à la fois sucré et salé... succulent. J'avais prévu de ne manger que la moitié de la conserve, mais la faim a pris le dessus. Maintenant, elle est vide et je m'en veux de ne pas avoir réussi à me maîtriser. Je ferais mieux d'explorer les environs demain, je trouverai peut-être une source de nourriture quelque part. Même si ce ne sont que des racines.

La nuit tombe rapidement, je me retire dans ma chambre. C'est étrange comme dans mon esprit, c'est déjà *ma* chambre. Mon nouveau chez-moi.

Sans surprise, la couverture pique énormément et le matelas est inconfortable, mais l'épuisement finit par me rattraper et je m'endors rapidement.

Un coup fort me tire du sommeil et je saute hors du lit, complètement réveillée. Une douleur aiguë au bout des doigts m'indique que mes griffes sont à nouveau sorties. Sur la pointe des pieds, je me dirige vers la porte d'entrée que j'ai réussi à fermer hier soir, malgré les fissures et les moisissures dans le bois.

— Il y a quelqu'un ? demandé-je, sans succès.

Je vais dans la cuisine pour regarder par la fenêtre. Rien. J'ai peut-être imaginé les coups.

J'ouvre la porte d'entrée et je me fige en voyant de grandes empreintes de pattes dans la neige fraîche. Quelqu'un est venu ici, mais la piste s'éloigne de la maison. Celui qui était là est déjà parti. Les traces s'étendent jusqu'à la porte et – oh ! Un panier m'attend à mes pieds. Comment j'ai pu ne pas le remarquer avant ? Je suis un piètre détective.

J'hésite. Si je l'accepte, est-ce un signe de défaite ? Une manière de céder à leur pression ? Dois-je le laisser comme un signal clair que je ne veux plus rien avoir à faire avec eux ?

Mais je ne peux résister à ma curiosité, je prends le panier. C'est probablement une erreur, mais je n'aurais rien pu faire aujourd'hui sans me demander ce qu'ils m'ont apporté. Salauds, ils me manipulent !

Un morceau de papier plié trône sur le dessus du panier. L'écriture est délicate et à l'encre bleue ; je doute que ce soit l'un des ours qui l'ait écrite.

Isla,

Je leur ai dit de te laisser un peu d'espace, mais sache que tu seras toujours la bienvenue. Les garçons ont emménagé dans

Je souris à sa lettre soigneusement formulée. Ce qui s'est passé n'est pas leur faute. Ils étaient simplement nos hôtes, généreux de surcroît. J'aurais aimé avoir la chance de mieux les connaître, mais pour l'instant, je les associe trop aux garçons. Et je sais que cela me pousserait à m'en prendre à eux. Je ne veux pas faire de mal à Arnold et Bertrand, mais je sens que la rage qui m'habite ne fera pas de différence entre les six hommes. Je ne me suis jamais sentie aussi agressive que maintenant. J'ai toujours préféré parler plutôt que de me battre. Mais pas maintenant. J'ai envie de frapper quelque chose, de tuer quelque chose. La rage me fait peur et je la repousse. Ce n'est pas le moment de me mettre en colère.

Je retire le tissu qui recouvre le panier. À l'intérieur se trouvent une couverture, du papier et un stylo, un sandwich emballé, un thermos rempli de thé chaud et une boîte ronde contenant un gâteau. Où ils ont trouvé un gâteau ? Je le renifle. Un *carrot cake*. C'est divin ! Devinez ce que je vais manger au petit-déjeuner.

Je trouve des couverts et m'assois à la table de la cuisine pour déguster le gâteau. Il est vraimênt incroyable. Tout comme le thé, encore assez chaud pour me brûler la bouche. À chaque gorgée, mon humeur s'améliore et ma colère diminue. Si Torben et les autres n'étaient pas encore dans ce village, je retournerais chez Arnold et Bertrand, au moins pour un temps, jusqu'à ce que je décide quoi faire. Et jusqu'à ce que je découvre ce qui m'est arrivé.

Même si je ne veux pas y croire, je pense qu'il s'agit d'un changement partiel qui s'est produit parce que j'ai couché avec Torben. Même si je ne pense pas que la perte de la virginité change habituellement la couleur des yeux et fasse pousser des griffes. Si c'était le cas, il n'y aurait pas d'enfants. Je m'imagine tenir un bébé dans mes mains griffues et je frissonne. Et je me souviens de la nuit précédente. Et je frissonne encore. Nous n'avons pas utilisé de protection. Les humaines peuvent-elles tomber enceintes d'un métamorphe ? Ou nos gènes sont-ils incompatibles ? J'espère vraiment que c'est la seconde solution. J'ai assez de choses à gérer en ce moment.

Maintenant que je suis rassasiée, je réfléchis à ce que je vais faire aujourd'hui. Je devrais probablement explorer mon environnement. Si je reste ici un certain temps, je dois savoir où je suis exactement et quelles sont les ressources dont je dispose autour de moi. Oh, et il faut que je construise des toilettes. Cela devient une question assez urgente.

Je décide de me remettre à marcher pieds nus. Les seules chaussures que j'ai ne me vont pas et je veux garder les pantoufles au sec. Je n'ai pas senti le froid hier et je ne le sens pas non plus aujourd'hui. J'ai l'impression de marcher sur du sable chauffé par le soleil plutôt que sur de la neige. C'est bizarre. Mes yeux me disent qu'il devrait faire froid, mais mon corps refuse de le croire. Comment je peux produire autant de chaleur corporelle sans être fiévreuse ?

Maintenant dehors, je vois d'autres traces autour de la maison. Soit Bertrand est venu me rendre visite plusieurs fois, soit quelqu'un d'autre était ici. Je suppose que j'ai pris mes désirs pour des réalités en pensant que les garçons me laisseraient tranquille. Ils ont peut-être promis à Arnold de ne pas me chercher, mais les promesses ne semblent pas avoir d'importance pour eux. Comment j'ai pu penser qu'ils étaient dignes de confiance ? J'aurais dû m'enfuir dès que j'ai su ce qu'ils étaient. Si je ne m'étais pas blessée à la cheville, je l'aurais probablement fait. Mais au contraire, ils ont réussi à se faufiler dans mon cœur. Et maintenant, il est brisé. Connards d'ours !

J'essaie de ne pas regarder les traces, elles me mettent en colère. Je préfère faire le tour de la maison à la recherche d'outils qui pourraient m'aider. Je ne trouve pas de tourbe pour allumer du feu, mais une petite pelle est cachée sous un mètre de neige.

Il est temps d'exercer mes talents de construction de toilettes.

La journée passe vite. J'ai marché environ un kilomètre six dans chaque direction, mais je n'ai rien vu d'intéressant. À l'ouest, j'ai trouvé un petit ruisseau qui est actuellement couvert de glace. Pour l'instant, je fais fondre de la neige pour la boire et me laver, mais il est bon de savoir que j'ai une alternative pas trop loin. Le sandwich que Bertrand m'a apporté est un agréable dîner. Je m'étonne que tous ces efforts physiques ne me donnent pas plus faim, au contraire. J'ai sauté le déjeuner, mais je n'ai pas eu faim du tout. Si je mange ce sandwich maintenant, c'est uniquement parce que j'ai l'habitude de prendre un repas le soir.

La feuille de papier est posée à côté de moi, attendant d'être couverte de mots. Je ne sais pas quoi écrire. Si je veux écrire quelque chose. D'un côté, je me pose tellement de questions, mais de l'autre, j'ai juste envie d'ignorer tout ça et d'être seule. De m'éloigner un peu du monde. Le *monde* faisant référence à quatre ours métamorphes.

Je soupire. Je prends le stylo, et dessine un gribouillis au hasard dans un coin. Cela va être une lettre très difficile.

Chers Arnold et Bertrand,

Merci pour la nourriture. Je préfère rester ici, je ne veux pas voir les garçons.

Vous pouvez me dire ce qui m'est arrivé ?

Mes symptômes sont les suivants :

— Apparition de griffes aux mains et aux pieds ;

— Changement de la couleur des yeux (bleus au lieu de bruns) et de la couleur des cheveux (mèches blondes) ;

— Augmentation de la vitesse et de la force ;

— Amélioration de la vue et de l'audition ;

— Augmentation de la température corporelle ;

— Perte d'appétit.

. . .

Je me demande si je ne devrais pas inclure ma colère, mais elle est peut-être juste due à la trahison. Peut-être que j'interprète trop la rage qui bouillonne encore en moi. Elle pourrait bientôt disparaître. Espérons-le. Je n'ai pas l'habitude de cette colère. Je ne sais pas comment la laisser sortir, comment m'en débarrasser.

Je soupire, puis j'écris la question qui m'a trotté dans la tête toute la journée. Et toute la nuit, pour être honnête.

Est-ce que je suis en train de devenir un ours ?
Isla

Cette question me paraît tellement idiote que j'ai envie de l'effacer dès que je l'ai écrite. Aucune personne saine d'esprit ne demanderait si elle se transforme en ours... à moins qu'elle n'ait vécu avec des ours. Je sais qu'ils sont tous nés métamorphes, mais dans les histoires de loups-garous des livres, les gens peuvent se transformer en loups, alors qui dit que ce n'est pas le cas pour les ours ? Les griffes et le changement de couleur des yeux ne sont absolument pas normaux. Je pourrais sans doute expliquer les autres choses tant bien que mal, mais les griffes... non.

Je mets la lettre dans le panier, ajoute le thermos vide et place le tout à l'extérieur pour Bertrand au cas où il reviendrait dans la matinée.

Il sera difficile de ne pas rester debout toute la nuit pour attendre son arrivée. Et puis ce sera un autre jour à attendre la réponse. Je devrais peut-être retourner chez eux pour poser mes questions. Ce serait beaucoup plus rapide. Mais non. L'image de Torben s'insinue à nouveau dans mon esprit et ma colère se manifeste, chaude et intense. Il a fait de moi cette... abomination. Je ne suis plus humaine, et je le déteste pour ça.

CHAPITRE
DIX

Comme hier, je suis réveillée par un coup frappé à la porte d'entrée. Cette fois, je ne me lève pas tout de suite, je reste au lit. Je veux m'assurer qu'il est parti avant d'ouvrir. Je ne veux pas voir Bertrand, ou Arnold, ou un autre ours. Mes rêves étaient remplis de griffes qui sortaient de mes mains, de fourrure qui recouvrait mon visage. Une fois, je me suis réveillée en hurlant et j'ai couru à la salle de bains pour vérifier dans le miroir que je n'avais pas de fourrure. On peut dire sans risque que je ne veux rien avoir à faire avec les ours aujourd'hui.

Pour une fois, je n'ai pas chaud. Je resserre la couverture autour de moi. Le phénomène qui me réchauffe depuis deux jours a disparu. Je suis peut-être en train de redevenir normale ? La Isla humaine que j'étais ?

Au bout de dix minutes, je ne peux plus rester au lit. Je dois savoir ce qu'on m'a apporté aujourd'hui. Je cours jusqu'à la porte et l'ouvre. Le même panier m'attend, je le rapporte joyeusement dans la chambre. J'enroule la couverture autour de moi en explorant mes nouveaux cadeaux. Une lettre est à nouveau posée sur le dessus, et en dessous, je trouve du thé, un autre sandwich et un livre. *Histoire du peuple Ours dans l'hémisphère nord.* Il a l'air vieux et usé. Dans ma tête, je leur promets de prendre soin de ce livre comme si c'était le mien. Les livres sont précieux et celui-ci semble particulièrement important. J'ai hâte de commencer à lire, mais je déplie d'abord la lettre.

Chère Isla,
Comme tu n'es pas venue hier, je suppose que tu souhaites passer un peu de temps seule. Nous l'acceptons, mais sache que notre offre tient toujours. Fais-moi savoir si tu as besoin de quoi que ce soit, qu'il s'agisse de nourriture, de vêtements ou d'autre chose.
Je te prête un livre qui est dans ma famille depuis longtemps. Le chapitre onze devrait t'intéresser particulièrement.
Bien à toi,
Arnold

La gentillesse de ces inconnus me fait pleurer. Comment je peux mériter qu'ils s'occupent de moi de la sorte ?

Juste en dessous, quelqu'un d'autre a griffonné un message rapide.

Non, tu ne te transformeras pas en ours. Lis le livre. C'est juste le lien qui se manifeste. Il doit être achevé bientôt. B.

. . .

C'est un peu inquiétant. Et effrayant. Et beaucoup d'autres choses.

Torben a parlé d'un lien avant que je ne m'enfuie. Il a dit qu'il pensait que ce ne serait qu'un lien mental plutôt qu'un lien physique. Je suppose que par physique, il entend les griffes. Je vérifie mes doigts pour m'assurer qu'elles ne sont pas réapparues, mais heureusement, mes ongles ont l'air très humains. Il y a cependant du sang séché autour. Encore une fois. Elles ont dû sortir pendant que je dormais. Il faut vraiment que j'apprenne à les contrôler. C'est certainement lié aux émotions, mais comment je suis censée les réprimer quand je dors ? Je ne veux pas me réveiller après un cauchemar avec des griffures sanglantes sur tout le corps.

Je devrais sans doute manger quelque chose, mais un simple regard au sandwich me retourne l'estomac. Je suis peut-être en train de tomber malade ? J'ai froid et j'ai mal partout. Peut-être que ce n'était pas une si bonne idée de courir pieds nus dans la neige, après tout.

J'ouvre le livre et respire l'odeur du vieux papier poussiéreux. Il n'y avait pas beaucoup de livres sur l'île du Salut, mais les rares que nous avions, je les dévorais. La lecture était mon refuge lorsque tout le reste me paraissait lugubre.

La police de caractères est démodée et pleine de petites fioritures. Elles la rendent jolie, mais aussi beaucoup plus difficile à déchiffrer. Je me frotte les yeux et me concentre sur la table des matières. *La Naissance des Ours... Plantes et Potions... La Grande Guerre des Ours... Les Oursons...* Il semble que ce livre soit un recueil d'articles et d'essais rédigés par plusieurs écrivains, traitant tous d'aspects de la vie des métamorphes.

Arnold a mentionné le chapitre onze. *L'appel à*

l'Accouplement. Cela sonne très bestial, en quelque sorte, pas très humain. Mais j'ai appris à mes dépens que mes… euh, *les* ours ne sont pas des humains normaux. Ils sont sauvages et guidés par leurs instincts. Si Torben avait été humain, il n'aurait probablement pas fait ce qu'il a fait. Ou peut-être qu'il l'aurait fait. Qui sait ? Pour l'instant, j'ai l'impression de ne pas les connaître du tout.

Je passe au chapitre onze. Quelques taches marquent la première page et des notes ont été griffonnées dans les marges. Quelqu'un a lu ce chapitre en long et en large.

Essayant de déchiffrer l'écriture et la langue anciennes, je lis les premières pages, qui me font écarquiller les yeux à chaque phrase. Bordel. De. Merde ! C'est impossible. Ce n'est pas en train d'arriver. Pas à moi. S'il vous plaît, pas à moi !

À un certain moment, je ne peux plus continuer. Je suis en colère. Torben va souffrir pour ça. Il n'a pas seulement détruit ma vie, il est aussi allé à l'encontre des lois des ours. Je ne sais pas s'il le sait, mais je le suppose. Il cherche peut-être des réponses sur leur héritage, mais cela ne veut pas dire qu'il n'a aucune idée de la vie des ours. De l'accouplement des ours.

Je saute du lit et cours dehors. J'ai besoin d'air. C'est trop. Je n'en veux pas. Je ne peux pas le supporter. Je veux juste remonter le temps et garder les choses telles qu'elles étaient. Peut-être que j'aurais dû rester avec mon oncle. Peut-être que le mariage n'aurait pas été si terrible. Pas aussi terrible que… ça.

Torben m'a tuée. Je suis en train de mourir.

Rien ne justifie cela. Quels que soient les arguments qu'il me donnera, j'en ai fini avec lui. Avec tous.

Je me mets à courir, la neige glacée me blesse la plante des pieds. Toute chaleur m'a quittée et je sais maintenant pourquoi.

Mon corps s'éteint. Il me reste quelques jours tout au plus. Si j'étais désespérée, je retournerais chez Arnold et Bertrand, juste pour mourir avec d'autres personnes autour de moi. Mais je ne peux pas. Je dois faire ça toute seule. Les ours me forceront à survivre, et je ne peux pas faire ça. Je ne céderai pas. Jamais.

Je trébuche sur quelque chose sous la neige et tombe, des cristaux glacés coupent ma peau exposée. Je reste dans cette position. Peut-être que si je reste allongée dans la couche de poudreuse, cela accélérera les choses. Je me souviens de ce que j'ai ressenti lorsque j'étais en hypothermie sur la glace, avant de rencontrer les ours. J'étais calme. Rêveuse. Si ces chiens ne m'avaient pas fait paniquer, je serais probablement restée et je serais morte de froid.

Le livre ne dit pas grand-chose sur ma mort, mais j'imagine que mourir de froid serait plus agréable. Je glousse sans rire. Je me demande comment je veux mourir. Que c'est triste !

Je rapproche mes genoux de ma poitrine, m'installe confortablement dans la neige. Elle n'est pas aussi douce qu'elle pourrait l'être, mais ça ira. De toute façon, je n'en ai plus pour longtemps. Mon corps est déjà faible, je sens le froid s'infiltrer dans mes os. Je frissonne de partout, mais je sais qu'à un moment donné, ça s'arrêtera. Il faut juste que je passe cette première phase.

Je pense aux ours, probablement bien installés dans leur nouvelle maison. Bah, je ne devrais pas penser à eux ! Ils ne méritent pas mes dernières pensées. À la place, j'essaie de me souvenir de mes parents. J'étais jeune quand ils sont morts, et la plupart de mes souvenirs sont des odeurs et des sensations, pas des images. Ils se sont noyés, piégés dans leur maison par un tsunami. J'étais avec mon oncle et ma tante lorsque cela s'est produit, dans leur ferme. Mes parents voulaient que je sois entourée d'animaux et de nature pendant une semaine, mais ils devaient travailler, alors moi seule étais chez mon oncle. Ils travaillaient tous les deux à l'hôpital et les services étaient déjà surchargés par les victimes du dernier tsunami. Nous en subissions régulièrement à l'époque, mais aucun n'avait été aussi grave que celui qui les a tués. Avant, il y avait eu plus d'avertissements. Mais pas cette fois-ci. Ils n'ont jamais eu la possibilité de se réfugier sur les hauteurs.

J'ai les larmes aux yeux. Je ne pense pas souvent à mes parents. Cela me met en colère de savoir que j'aurais pu avoir une vie normale au lieu de grandir avec mon oncle. Pas triste. En colère. Je ne me suis jamais considérée comme une personne en colère, mais maintenant que j'y pense, je me rends compte que je l'ai été presque toute ma vie.

Je suppose que c'est vrai, ce qu'on dit. Quand on meurt, on repense à sa vie. Je ne vois pas d'images défiler devant mes yeux ou quelque chose comme ça. C'est juste que...

Je ferme les yeux et laisse mon esprit dériver. Cela devient difficile de penser. Ce ne sera plus très long.

Quelque chose d'humide et de chaud se heurte à ma joue. Je l'ignore. Je ne pourrais pas bouger, même si je le voulais. Je suis gelée, je fais partie du paysage. Mes yeux sont fermés, mais curieusement, mon esprit est soudain très éveillé. Quelque chose est différent.

Mes pensées sont... C'est comme le sentiment d'être observée, mais à l'intérieur de ma tête. Comme si quelqu'un d'autre lisait mes pensées. Mais c'est impossible. La magie n'est pas réelle.

Les ours sont *magiques*.

Oui, peut-être, mais pas ce genre de magie. Ils peuvent se transformer, mais c'est une manifestation physique, pas comme...

Quoi ? Je suis en train de me parler à moi-même ?

Oui.

Parfait. Je suis devenue folle dans mes derniers instants. Ou peut-être que je suis déjà morte et que c'est un effet secondaire ?

Ne sois pas ridicule !

D'accord. Pas morte, alors. On me pique à nouveau la joue. Aïe ! La douleur est synonyme de vie. Maintenant, j'ai deux preuves que je ne suis pas encore morte. La Faucheuse pourrait se dépêcher ? Je ne veux vraiment pas prolonger cela.

Un grognement près de mon oreille, ce doit être un ours. Va-t'en ! Je ne veux plus jamais voir l'un d'entre vous.

Tu n'aimes pas les ours ?

La voix dans ma tête est devenue hargneuse. Très différente de la mienne. Hmm... un ange, peut-être ? Il me prépare à la vie après la mort ?

Grandis un peu.

Excuse-moi ?! Je suis adulte. Ne me rabaisse pas.

Les adultes ne se contentent pas de s'allonger pour mourir. Ils se battent. Ils font face à leurs problèmes.

Certains problèmes ne peuvent pas être réglés, soupiré-je intérieurement.

C'est vrai. Mais on peut s'occuper de celui-là.

Qu'est-ce que tu en sais ? Tu n'es qu'un fruit bizarre de mon imagination.

Faux. C'est moi, le problème.

Si c'est toi, le problème, tu peux dégager et quitter ma tête, s'il te plaît ?

Je ne peux pas. Pas encore. Mais Bertrand s'impatiente. Si tu n'ouvres pas les yeux, il va te mordre pour voir si tu es encore en vie. Je te le déconseille. Je ressens ta douleur.

L'ours qui me caresse la joue, c'est Bertrand ? C'est logique. Et heureusement que ce n'est pas l'un des autres. Je ne veux pas qu'ils assistent à ma mort.

Tu peux arrêter de parler de mort ? Ça devient ennuyeux.

C'est mon droit de penser à ce que je veux. Maintenant, tais-toi ! Je refuse de devenir folle.

Devenir folle ? Tu l'es déjà.

Le grognement s'est amplifié. Je ferais mieux de faire quelque chose. Je cligne d'un œil, malgré la fatigue qui m'étreint.

C'est bien.

Un panda me regarde droit dans les yeux, son regard sombre reflète la neige brillante qui nous entoure. Puis il fait une chose inattendue : il s'allonge à côté de moi, se serre contre mon corps. Je pense qu'il essaie de me réchauffer. J'aimerais pouvoir bouger pour lui dire de s'en aller.

Il affirme que de l'aide est en route.

Cerveau, tu peux te taire, s'il te plaît ? Et comment tu le sais, d'ailleurs ?

Je ne suis pas ton cerveau, idiote ! Maintenant, reste en vie jusqu'à ce qu'ils arrivent. Je ne veux pas perdre mon hôtesse dès que j'en ai trouvé une.

Ton hôtesse ? Tu es donc un parasite ?

Pas tout à fait. Elle a l'air contrariée. *Je pensais que tu étais intelligente. Combien de temps ça va te prendre pour trouver la solution ?*

Je suis fatiguée, soupiré-je mentalement. Laisse-moi tranquille. Je n'ai pas besoin qu'une tumeur cérébrale me parle.

Reprends-toi, espèce d'humaine stupide ! D'autres personnes seraient fières de m'avoir. Je suis l'un des meilleurs, des plus forts. Tu devrais te prosterner devant moi, pas me traiter de... parasite.

Bon, j'ai complètement perdu la tête. J'espère que la mort arrivera bientôt. Je ne veux pas que mes derniers instants soient remplis de pensées folles.

Mais quelque chose est en train de changer. Je me sens mieux. Plus forte. Mais comment c'est possible ? Je suis toujours dans la neige et malgré le panda qui me réchauffe, je suis restée trop longtemps dans la neige pour m'en remettre soudainement. Non, c'est autre chose.

Il arrive, dit joyeusement la voix dans ma tête. *Je vais enfin rencontrer ton compagnon.*

Elle a l'air aussi excitée que je suis horrifiée. Compagnon ? Torben. Il arrive. Il est censé me laisser tranquille. Il a déjà fait assez de dégâts.

Je rouvre les yeux et c'est facile, cette fois. Bertrand s'en aperçoit et me donne un coup de sa grosse patte. Lorsque je bouge, il pousse un grognement joyeux. Si un grognement d'ours peut être joyeux. Cela peut signifier beaucoup d'autres choses.

Non, il est heureux.

J'ai de plus en plus chaud, le froid est lentement chassé de mon corps. Mes muscles se détendent, les frissons cessent. Je n'ai plus l'impression de mourir. Au contraire, je me sens bien vivante. Mais cela ne devrait pas être possible. Le livre disait qu'un lien incomplet tuerait l'humain.

Tu aurais dû lire tout le chapitre.

Comment j'aurais pu continuer à lire après avoir appris que Torben m'avait tuée ?

Pas seulement toi. Lui aussi. Regarde-le.

Des bruits sourds se rapprochent. La neige étouffe la plupart des sons, mais lorsque je me redresse un peu, je vois cinq ours qui courent vers moi. Torben est derrière les autres, il a du mal à les suivre. Plus il se rapproche, plus je vois le changement. Son pelage blanc pur est devenu jaune et terne, ses mouvements sont lents et vacillants. Il court, mais il semble incapable de continuer très longtemps. Il s'est affaibli.

Tout comme moi. Le lien incomplet le fait aussi souffrir ?

Cette idée me fait tourner la tête. Cela signifie que les choses sont très différentes de ce que je pensais. Je ferme les yeux et m'enfonce dans le sol. Je veux comprendre, mais rien n'a de sens. Le livre...

Ils n'auraient pas dû te donner ça. Ils auraient dû me laisser m'expliquer.

Toi ? Tu es mon esprit, ce qui signifie que tu en sais autant que moi. Et maintenant que je me sens mieux, tu peux disparaître, s'il te plaît ? Je parle déjà à mes ovaires, je n'ai pas besoin d'un ami imaginaire en plus.

Ne t'inquiète pas, tu n'as pas besoin de me trouver un nom. J'en ai déjà un.

Je soupire. Sérieusement ?

Je suis Alis, ravie de te rencontrer.

Oui, d'accord. Mon cerveau s'est donné un nom. Vraiment mature.

Un museau d'ours mouillé touche ma joue et une haleine chaude souffle sur mon visage. C'est dégoûtant.

Je regarde les yeux noirs de Torben en ours. Ils sont pleins d'émotion, même sous sa forme métamorphosée. Je ne sais pas quoi penser. Il a l'air faible et épuisé, j'ai envie de le serrer dans mes bras, mais non, ce serait mal, je suis en colère contre lui. Furieuse. Je devrais m'en tenir à ma colère et rester loin de la pitié et de la sympathie qui me gagnent.

Qu'est-ce que tu lui as fait ? Ma voix intérieure est devenue stridente et paniquée.

Moi ? Rien ! La question est de savoir ce qu'il nous a fait à tous les deux.

Vous devez compléter le lien, il est plus proche de la mort que toi.

Et à qui la faute ? J'ai envie de crier cette question, mais ils me croiraient encore plus folle qu'ils ne le pensent déjà.

Torben m'effleure la gorge, me renifle comme pour s'assurer que je suis toujours là. Que je suis toujours en vie. Espèce d'ours stupide !

— Tu n'aurais pas dû venir, murmuré-je. Je suis toujours en colère contre toi.

Il grogne.

Il dit qu'il t'en veut aussi. Mais il m'aime bien... Wouah, il m'aime vraiment bien !

— Ne regarde pas, dit Finn derrière moi. Je suis nu.

Bonnie et Clyde me disent de me retourner. J'ai un peu envie de le faire aussi. C'est tellement tentant, mais les yeux tristes de Torben me sauvent de l'embarras. Il a l'air si vulnérable et malade que j'ai envie de le prendre dans mes bras et de le câliner – jusqu'à ce que ma colère revienne et me rappelle pourquoi ce serait une mauvaise idée. Il m'a fait du mal. Il a failli me tuer. Peut-être qu'il le fera encore. Je ne sais absolument pas pourquoi je me sens brutalement mieux, et qui sait si cela va durer.

— D'accord, maintenant, tu peux regarder. On voulait juste que l'un d'entre nous, sous forme humaine, puisse communiquer avec toi.

Finn a l'air soulagé, mais aussi un peu incertain sur la façon de m'aborder. Je suis partie précipitamment et je n'ai jamais parlé aux autres. Seulement à Torben, puis j'ai couru aussi vite que j'ai pu. Je ne sais pas ce qu'ils pensent de moi. Sont-ils en colère contre moi ? Ou contre leur chef ? Déçus ? Tristes ?

Je n'en ai aucune idée. J'ai la tête qui tourne avec tout ce qui vient de se passer. Une voix bizarre dans ma tête, un homme nu derrière moi, un ours polaire malade au-dessus de moi et je suis toujours blottie contre un panda. Ma vie est devenue très bizarre.

Le silence me rend folle. Personne ne parle, tout le monde regarde les flammes ou le sol. Je n'ai plus froid, j'ai même chaud, je suis presque fiévreuse. Je retrousse mes manches, mais avec le feu qui réchauffe la pièce, cela ne changera pas grand-chose. Je pourrais probablement être assise ici nue et avoir encore chaud.

J'ai accepté de revenir chez Arnold et Bertrand. Nous avons tous besoin de parler. C'est pour cela que l'atmosphère est bizarre, car personne ne dit rien. Mais je ne veux pas être la première à briser le silence. Oui, j'ai un millier de questions à poser, mais peut-être que Torben ou les autres devraient commencer.

C'est bien. Laisse l'alpha parler en premier. Règle importante. Sauf si tu es plus dominante que lui. Alors, tu commences.

Alors que je pensais m'être débarrassée de la voix dans ma tête, elle revient. J'ai peut-être de la fièvre ? Des hallucinations ? Encore ?

Arrête la comédie. Tu sais qui je suis.

Non, je ne veux pas. Laisse-moi tranquille.

Soudain, tout le monde me regarde. Est-ce que j'ai dit ça à voix haute ? Oups !

— Je lui disais juste de... peu importe, marmonné-je, me rappelant que je ne devrais probablement pas admettre que j'entends des voix.

J'ai beau être entourée de métamorphes, cela ne signifie pas qu'ils ne reconnaîtront pas la folie quand ils la verront.

— Ça a commencé, dit doucement Arnold.

Ce n'est pas du tout inquiétant. Oui, c'est vrai.

— C'est trop rapide, murmure son partenaire en fronçant les sourcils. L'ourse en elle ne devrait pas apparaître juste avant qu'il ne soit trop tard. Le dernier signe d'alerte. Mais elle n'en est pas encore là.

L'ourse en moi.

Bordel. De. Merde !

J'aurais dû le savoir. Ils m'ont dit que je ne me transformais pas en ourse. À la place, j'ai une ourse parasite à l'intérieur de moi. Alis.

Super, chérie. Tu as enfin compris !

Je veux la chasser de mon cerveau. Sauf que ce n'est peut-être pas là qu'elle se trouve. Comment ça marche ? Comment elle a fait pour être en moi ? Est-ce que j'ai soudainement deux esprits ? Deux âmes ? Et quand mes griffes apparaissent, c'est elle qui le fait ?

Oui, c'est moi. Je n'ai pas encore beaucoup de contrôle, mais les griffes, c'est facile.

Je secoue la tête.

— Non. Ce n'est pas possible. Sortez-la de moi.

Húnn pose doucement une main sur mon épaule, mais je le repousse. J'entoure mes genoux de mes bras j'enfouis mon visage dans mes jambes. Je ne veux voir aucun d'entre eux. Ils m'ont fait ça. Je n'ai jamais voulu être autre chose qu'une humaine. Même quand j'ai rencontré les ours, je ne voulais pas être l'une d'eux. Je suis Isla, juste Isla, la fille humaine de l'île du Salut. Je ne suis *pas* une ourse métamorphe.

— Ce n'est pas possible, chérie, dit Finn doucement.

Je le déteste pour avoir utilisé ce surnom. C'est du passé. J'en ai fini avec eux tous.

— Au moment où tu as bu le sang de Torben...

— Attends, j'ai bu son sang ?!

Je me relève d'un bond et me dirige vers l'alpha.

— Je ne ferais pas ça. Pourquoi je ferais ça ?

Bertrand s'éclaircit la voix.

— Lorsqu'un ours mâle est excité, il libère des phéromones qui ont un effet sur la femelle. Ça la rend prête à le prendre et, si elle est sa compagne, à concevoir. Les femmes réagissent différemment à ces phéromones. Pour les femelles ourses, elles leur donnent plus d'énergie et de plaisir. Chez l'homme, ce phénomène n'a pas fait l'objet d'études approfondies. La plupart des ours restent entre eux et n'interagissent pas beaucoup avec les humains. Mais pour toi... eh bien, tu as mordu l'épaule de Torben et tu as commencé à boire son sang.

— Non, ce n'est pas possible...

Je reste debout au milieu de la pièce, sans trop savoir quoi dire ou faire. Ses yeux disent la vérité, et je me souviens vaguement d'un goût étrange dans ma bouche. Mais... non !

— Pourquoi il ne m'a pas arrêtée ? demandé-je à Bertrand, en ignorant Torben.

— L'ours en lui avait pris le dessus. Ça peut arriver quand ils rencontrent leur... partenaire. Il n'avait pas assez de contrôle pour t'arrêter.

— S'il te plaît, dis-moi que tu ne viens pas de dire *partenaire*, marmonné-je, me sentant un peu faible.

C'est trop.

Torben soupire.

— Je n'étais pas sûr avant. Je ne pensais pas que ça arriverait la première fois, sinon je ne nous aurais jamais laissé aller aussi loin. En général, il faut plusieurs fois pour que les partenaires se reconnaissent. Et même dans ce cas, l'ours donne un avertissement. Mais dans notre cas, c'était différent. C'est peut-être parce que tu es humaine. Je ne connais personne qui ait été accouplé à une humaine auparavant.

— Moi si, dit Arnold.

Tout le monde se tourne vers lui. Il saisit la main de son partenaire, il a l'air nerveux.

— J'ai été accouplé à un humain, il y a longtemps. Je n'ai compris que nous étions faits l'un pour l'autre qu'à notre troisième... rencontre. L'ours en moi m'a prévenu et j'ai réussi à empêcher l'homme de me mordre. Nous nous sommes accouplés, mais de manière contrôlée. C'est difficile si vous voulez qu'ils restent humains, car vous devez toujours garder un contrôle parfait. Mais j'ai respecté ses souhaits, même si c'était parfois compliqué.

Une larme solitaire coule sur sa joue.

— Qu'est-ce qui lui est arrivé ? lui demandé-je doucement.

— Il est mort dans un accident de la route, me répond-il avec un sourire triste. Peu après, j'ai rencontré Bertie. Je suis honoré d'avoir trouvé deux partenaires au cours de ma vie. Certaines personnes n'en trouvent même pas un.

J'ai envie de le serrer dans mes bras, il a l'air si triste ! Mais il se tourne ensuite vers Bertrand et sourit. Leur amour est réel, cela me réchauffe le cœur de le voir. Mais ce sont tous les deux des métamorphes. Ils n'ont pas le problème que j'ai avec Torben.

— Et maintenant, qu'est-ce qui se passe ? demandé-je, pressant mes bras sur mon corps.

Ma colère a diminué et une profonde tristesse s'est installée. Je crois que je suis en train de dire adieu à mon ancienne vie. Je sais que c'est fini.

— Tu as appris quoi en lisant le livre ? me questionne Bertrand.

Je fronce les sourcils. Il l'a sûrement lu lui-même ?

— Lorsque Torben a couché avec moi, il a déclenché le processus de lien. Il change les deux partenaires et les rend plus compatibles l'un avec l'autre. Dans mon cas, c'est une force supplémentaire et de meilleurs sens.

Je regarde mes doigts.

— Et les griffes, je suppose. Je ne sais pas trop ce qui a changé pour Torben. Mais le lien a faim et a besoin d'énergie pour faire son travail. S'il n'est pas achevé, la femelle meurt.

— Et le mâle aussi, dit Ràn à voix basse.

Je le regarde avec surprise. Il est resté silencieux tout ce temps. Et le mâle... pas étonnant que Torben ait l'air si malade.

— Mais ce n'est pas ce que dit le livre, balbutié-je, avec l'impression que quelqu'un m'a donné un coup de poing dans le ventre.

Torben est en train de mourir. Je ne peux pas laisser ça arriver.

— Je me sens mieux, maintenant... Il ne devrait pas aller mieux lui aussi ?

— Le lien tire maintenant toute son énergie de moi, murmure le Viking.

Sa peau a pris une pâleur maladive et ses membres tremblent légèrement. Mon cœur va vers lui, mais mon esprit l'arrête. C'est sa faute.

Il a besoin de ton aide. Alis a l'air triste. Maintenant que je sais qu'elle n'est pas le fruit de mon imagination, je remarque qu'elle a une voix distincte. Elle a une personnalité différente de la mienne. J'ai envie de mieux la connaître – et de lui dire ensuite de quitter mon corps. C'est le mien. Mes ovaires, mes seins, mon corps.

— Comment on peut l'arrêter ? demandé-je avant qu'Alis ne m'incite davantage.

Torben me regarde avec surprise.

— Le seul moyen est de compléter le lien. Mais je ne veux pas te forcer à le faire. C'est moi qui nous ai mis dans ce pétrin, c'est donc à moi d'en assumer les conséquences.

Je ris de façon hystérique.

— Je ne dirais pas que mourir, c'est faire face aux conséquences. Le livre ne disait rien sur la façon de compléter le lien. En fait, il disait que si le lien n'était pas complété pendant... l'acte, déglutis-je avant de dire ce mot alors que je ne suis pas encore habituée à ce genre de langage, je mourrais. Fin de l'histoire.

— Quel genre de livre tu lui as donné ? demande Finn avec colère.

Nos hôtes ont l'air un peu mal à l'aise.

— C'est écrit dans le chapitre suivant, marmonne Bertrand.

Ce qu'elle a lu est écrit pour effrayer les adolescents et les inciter à ne jamais avoir de relations sexuelles sans être sûrs d'eux. Puis dans le chapitre suivant, il leur dit comment y remédier.

Je le regarde fixement.

— Donc personne n'est obligé de mourir ?

Arnold ricane jusqu'à ce qu'il voie à quel point je suis sérieuse.

— À moins que tu n'essaies de te suicider à nouveau ou que tu ne refuses de compléter le lien, personne ne va mourir.

— Alors comment on complète ce stupide lien ?

Tu le sais déjà, murmure Alis, avec raison. C'est juste que je ne veux pas le croire.

— Vous... euh... devez coucher ensemble, explique Bertrand en rougissant légèrement. La dernière fois, tu t'es évanouie et le lien n'a pas eu le temps de se former. Et je suppose que cette fois-ci, Torben devra boire un peu de ton sang.

— Il n'en est pas question ! dis-je dans un réflexe.

Je ne sais pas à quoi je pensais quand j'ai mordu Torben, mais au moins, je peux mettre ça sur le compte de ses phéromones. J'étais déchaînée et seulement à moitié consciente. Voilà, j'ai une bonne excuse.

Celui-ci se lève, en vacillant légèrement. Húnn veut l'aider, mais l'alpha secoue la tête. Il est trop fier.

Cela me tue de le voir ainsi.

Tu l'aimes.

Pour une fois, Alis a peut-être raison. Maintenant qu'il se tient devant moi, son visage exprime la souffrance, je sais qu'il fait ça pour moi. Qu'il est vraiment désolé. Que c'était un accident. Que ça aurait pu – non, ça aurait dû être un beau moment entre nous deux, pas un accouplement qui a mal tourné. Tout ce que je voulais, c'était être avec lui. Me donner à lui. Sauf que c'est allé un peu trop loin.

Oui, devenir une ourse métamorphe, c'est peut-être un peu plus que ce qu'on avait prévu.

— Qu'est-ce qui se passe si on complète le lien ? murmuré-je, allumant une lueur d'espoir dans les yeux de Torben. Je redeviendrai humaine ? Ou un ours métamorphe à part entière ?

— Je ne sais pas, dit ce dernier tout aussi calmement. Ce n'est pas toujours la même chose quand des humains sont impliqués. Si l'ourse en toi est forte, elle remontera à la surface et tu seras métamorphe comme nous. Sinon tu resteras comme tu es maintenant, humaine à l'extérieur et un peu ours à l'intérieur.

Je ne peux m'empêcher de sourire lorsqu'il mentionne la force de l'ourse en moi. Oh oui, elle l'est ! Je ne serais pas surprise qu'elle soit plus forte que n'importe lequel d'entre eux.

C'est certain. Plus dominante, aussi. On va leur montrer.

Tu viens de dire *on* ?

Elle reste silencieuse pendant un moment. Elle s'est peut-être mal exprimée ? Je n'en sais pas assez sur les métamorphes et leur relation avec l'ours en eux. J'ai toujours pensé qu'ils prenaient la forme d'un ours, peut-être un peu l'état mental aussi, mais qu'ils n'avaient pas d'ours vivant en eux. Comme Alis. Comment cela fonctionne ?

Plus tard. Je pense que tu devrais dire quelque chose, Torben est à deux doigts de s'évanouir.

Elle a raison. Il oscille plus que jamais. Je fais un pas en avant et passe mes bras autour de sa taille, je le stabilise sous prétexte d'une étreinte. Je ne veux pas qu'il ait l'air faible devant ses amis.

— Elle est forte, confirmé-je. Alors tout ce qu'il nous reste à faire, c'est faire l'amour et boire du sang ?

Finn s'esclaffe derrière moi, brisant un peu la tension.

— Oui, à peu près.

L'expression de Torben s'est un peu adoucie, mais la tension autour de ses yeux est toujours présente. Sa douleur doit s'aggraver. Je me sens coupable d'être à nouveau forte et en bonne santé.

— Comment tu as fait ? me lancé-je.

— Fait quoi ? me demande-t-il en me regardant d'un air confus

— Pour que le lien arrête de siphonner mon énergie ? Pour qu'il n'absorbe que la tienne ?

Il grimace.

— L'ours en moi m'a dit comment faire. Il se sent aussi coupable que moi.

Je fronce les sourcils.

— Tu n'as jamais parlé de ton ours comme ça avant.

— Ce n'est pas dans nos habitudes. Lorsqu'on se transforme, les ours en nous parlent entre eux et nous, les humains, on passe au second plan. En ce moment, c'est le contraire. On respecte ça et on ne parle pas beaucoup de notre autre nous.

— Tu le considères donc comme une partie de toi-même ? Juste séparée ?

— Je suppose. Il existe de nombreuses théories sur notre fonctionnement, mais bien sûr, personne ne le sait vraiment. La science n'explique pas vraiment la transformation.

Il tremble et je le serre plus fort, appréciant la proximité. Au fond de moi, je suis encore un peu déchirée par tout ça. J'étais tellement en colère, pourquoi je suis si prompte à pardonner ? Je ne devrais pas être plus dure avec lui ? Avec les autres ? Peut-être que je suis simplement fatiguée de ce conflit. Et je ne peux pas rester là à le regarder souffrir. Je suis une guérisseuse, merde !

— Dehors, tout le monde ! ordonné-je bruyamment, et bizarrement, ils partent sans un mot.

J'en suis heureuse, cela aurait pu être bien plus embarrassant.

— Assieds-toi, dis-je à Torben en l'aidant.

Il tremble comme une feuille, je ne sais pas quoi faire. Je n'ai couché avec un homme – cet homme – qu'une seule fois, alors cela n'a pas vraiment de sens que je prenne les rênes. Mais bon. Bonnie et Clyde me guideront.

Alis, si je fais ça, je veux que tu restes en dehors de mon esprit, d'accord ? C'est déjà assez difficile de faire face à tout ça sans avoir un ours sarcastique qui fait des commentaires en continu.

D'accord, mais je veux un rapport complet plus tard. Et un peu de temps avec l'ours de Torben. Il sent délicieusement bon.

J'acquiesce mentalement et glisse un oreiller sous la tête de Torben. Il m'offre un faible sourire en réponse.

— Qu'est-ce qu'on fait, maintenant ? demandé-je, en essayant de cacher mon malaise.

— Embrasse-moi.

C'est un ordre, et malgré la faiblesse de sa voix, je vois sa force intérieure se manifester. Je m'allonge sur le sol à côté de lui et le pousse doucement à tourner la tête pour que nous nous regardions dans les yeux. Il a meilleure mine maintenant, alors que nous n'avons même pas commencé. C'est bien. J'aimerais qu'il soit un peu plus énergique. Plus en contrôle.

Je l'embrasse, pose mes lèvres sur les siennes, avec l'espoir qu'il répondra. Elles sont gercées et plus froides qu'avant, mais il sent toujours pareil. J'inspire profondément. Je sais maintenant de quoi Alis parlait. Son odeur emplit mon nez et j'ouvre la bouche en réponse, couvrant la sienne et suçant sa lèvre inférieure. Il gémit et me retourne finalement le baiser de la même manière rude et revendicatrice qu'auparavant.

Il passe un bras autour de moi et me rapproche. Nos corps sont pressés l'un contre l'autre, ma chaleur rencontre sa froideur. J'espère qu'il va bientôt se réchauffer, ce n'est pas une température normale. Le feu brûle encore fortement et je suis presque en sueur, alors il ne devrait pas avoir aussi froid. Peut-être que d'autres baisers feront l'affaire.

Je lui donne plusieurs coups de langue auxquels il répond, avant que nous dansions enfin ensemble. Sans jamais quitter mes lèvres, il remonte mon pull au-dessus de mon soutien-gorge. Ce n'est qu'à ce moment-là qu'il met fin au baiser et se recule un peu pour me regarder.

— Tu es sûre de toi ? me demande-t-il, aussi essoufflé que moi.

— Oui. Indépendamment de ce qui s'est passé, je te veux. Et pas seulement parce que l'ourse en moi est très excitée.

Je suis ravie qu'Alis ait l'air de tenir sa promesse et qu'elle n'écoute pas.

Il éclate de rire, me relève les bras et m'enlève mon pull. Je soupire en sentant l'air sur ma peau. C'est bon. Je commençais à bouillir. Je ne me sens pas plus fraîche, au contraire. Une certaine chaleur s'accumule entre mes jambes et réclame de l'attention. L'attention de Torben, de préférence.

— J'aimerais bien faire des préliminaires, mais le lien est impatient, gémit-il en se soulevant.

Il a l'air un peu mieux qu'avant et ne vacille plus autant pendant qu'il enlève ses chaussures et son jean.

Et oui, il est excité. Beaucoup. Miam. Bave. J'ai mentionné qu'il ne porte rien sous son jean ? Il est nu. Très nu. Et j'ai envie de lui sauter dessus.

Sans qu'il ait à dire quoi que ce soit, j'enlève mon propre pantalon et le jette de côté. Je suis prête pour lui, malgré l'absence de tout autre chose que des baisers.

J'écarte les jambes pour l'inviter à entrer, mais il s'allonge sur le dos à côté de moi et m'invite à monter sur lui. Un peu incertaine, j'obtempère. Ce n'est pas si difficile, si ? Je n'ai qu'à le guider jusqu'à mon entrée, puis à me baisser et... aaahh ! Elle est plus grande que dans mon souvenir, mais la dernière fois, mon esprit était embrouillé par des phéromones trop actives. Cette fois-ci, je suis pleinement moi-même, je profite de chaque sensation en me balançant de haut en bas sur lui. Il me laisse donner le rythme et j'en profite pleinement en commençant doucement. Je m'habitue encore à sa taille, mais la légère douleur ne fait qu'ajouter au plaisir qui monte en moi.

Une fois que je suis habituée, il met ses mains sur mes hanches et commence à prendre le contrôle, à me diriger au rythme qu'il veut. Plus il est brutal, plus il a l'air en bonne santé. Ses yeux reprennent un bleu éclatant et son regard fixe le mien. Il est de retour, mon Torben fort est de retour.

Il me rapproche de ma jouissance et à en juger par ses gémissements, il n'est pas loin non plus.

Puis il s'arrête et je le regarde avec confusion. Quelque chose ne va pas ?

— Isla, j'ai besoin de te mordre, murmure-t-il.

Je suis déchirée entre le désir et les principes. Aucune femme qui se respecte ne laisserait quelqu'un boire son sang. Puis je me souviens que je lui ai fait la même chose et j'ignore la voix qui me harcèle dans ma tête. Ce n'est pas Alis, cette fois, mais mon propre subconscient.

— Fais-le, gémis-je en m'allongeant sur lui pour que mon cou soit à sa portée.

Il n'est pas un vampire, mais je l'ai mordu à cet endroit, alors peut-être qu'il veut faire la même chose ?

Il embrasse doucement ma nuque et je frissonne d'impatience.

— Prête ? murmure-t-il.

Je ne peux que hocher la tête.

Il s'enfonce en moi en même temps que ses dents déchirent ma peau et mes pensées ne sont plus que joie et plaisir. Je sens qu'il me suce doucement le cou, mais la sensation principale est qu'il bouge en moi et m'amène au bord de l'extase. Nous l'atteignons ensemble, nos corps en sueur s'unissent dans un même mouvement.

Cette fois, je reste consciente et je peux tout éprouver. L'exaltation, la force de mon cœur qui se contracte, la sensation qu'il se déverse en moi. Nous restons dans la même position, serrés l'un contre l'autre, sa bouche toujours sur mon cou, occupée à lécher le filet de sang qui coule de ma peau.

Nous ne faisons qu'un, nous sommes partenaires.

CHAPITRE
DOUZE

Il est temps de se réveiller.

Alis est de retour. Je bâille, je remarque que j'ai un bras enroulé autour de quelque chose de chaud.

C'est ton partenaire. Tu t'es bien amusée, hier soir ?

Je rougis. En effet, c'est le cas. À un moment donné, nous avons quitté le salon et son sol dur pour nous installer dans la chambre d'amis. Heureusement, les garçons n'étaient pas là, nous avions donc de l'intimité. Je souris d'un air amusé en me rappelant que j'étais presque déçue qu'il n'y ait que nous deux. Je devais être extrêmement excitée.

Je devrais avoir mal, mais tout ce que je ressens, c'est de la chaleur. La température de Torben est revenue à la normale, et la mienne est restée au niveau élevé que j'ai atteint quand je suis devenue... quoi exactement ? Une demi-métamorphe ?

Je me redresse en sursaut et Torben bâille à côté de moi.

— Je peux me transformer, maintenant ? demandé-je avec impatience, le faisant rire.

— Peut-être. D'où te vient cet enthousiasme soudain ?

Je ne lui dirai pas que j'ai rêvé que je courais dans la neige avec lui la nuit dernière. Que nos pattes laissaient de grandes empreintes sur le sol alors que nous volions dans les airs, nous poursuivant l'un l'autre. Aujourd'hui encore, je ressens l'écho de l'exaltation que j'ai ressentie. Peut-être que ce n'est pas si mal d'être métamorphe.

Au lieu de répondre, je me retourne et l'embrasse sur la bouche. Il rit contre mon baiser et répond en m'attirant complètement sur lui. Je pense que je suis prête à refaire l'amour avec lui. Et encore.

Un grognement se fait entendre de l'autre côté de la porte. Avec un soupir, Torben me donne un dernier baiser sur le front.

— Ils veulent te rencontrer.

— Qui ?

— Les ours en eux veulent rencontrer la nouvelle partenaire de leur alpha.

Je fronce les sourcils.

— Ils me connaissent depuis longtemps. Ils ne m'ont sûrement pas oubliée ?

Il sourit.

— Non, mais avant, tu étais une amie. Maintenant, tu es quelqu'un de différent. En tant que ma partenaire, tu es automatiquement au-dessus d'eux dans la hiérarchie. Ils veulent te montrer leur respect.

Il s'esclaffe.

— Et te sentir.

— Ne me dis pas que l'on va encore me renifler ?

Il rit et ignore mes protestations. Il se lève et me laisse seule sur le lit. J'enroule la couette autour de mon corps nu. Ils peuvent me renifler, mais je ne vais pas me mettre à poil devant eux. Encore une fois.

Il ouvre la porte et trois ours entrent. Ràn et Húnn ont du mal à se glisser dans le cadre de la porte ; cette maison n'est pas faite pour que les ours y vivent. Finn a la chance d'être un peu plus petit. Il est grand, mais pas comparé aux deux ours bruns géants.

Il saute sur le lit. Je hurle et recule précipitamment pour ne pas être écrasée. Au passage, la couette glisse et mes seins font leur apparition. Eh bien, faisons comme si rien ne s'était passé.

L'ours de couleur de miel me regarde curieusement, puis met son museau entre mes seins et renifle. Sérieusement ? Sait-il au moins que ce n'est pas du tout approprié ?

— Dégage ! lui dis-je sévèrement.

À ma grande surprise, il recule avec un gémissement et se retire au bout du lit.

— C'est mal de renifler le... corps d'une femme. Même un ours devrait le savoir.

Torben rit tellement qu'il s'agrippe au cadre de la porte pour se stabiliser.

Je lui lance un grognement.

— Tu ne leur apprends pas le contrôle de soi ?

Il hausse les épaules et continue de rire.

— Les ours ne se soucient guère de l'endroit où ils touchent et reniflent une femelle. Tout ce qu'il veut, c'est que tu le reconnaisses et que tu saches qu'il existe.

Il reprend un peu son sérieux.

— Tu savais que dans la nature, les ourses prennent plusieurs partenaires ? Il y a beaucoup de concurrence pour les mâles, alors ils risquent de te montrer beaucoup d'attention dans les prochains jours. C'est l'instinct, ils auront du mal à lutter. Ça fait longtemps qu'ils n'ont pas côtoyé une ourse métamorphe.

Il sourit, revient vers moi et s'assoit sur le lit.

— Si je pouvais, je t'enfermerais dans cette pièce et je ne te laisserais pas sortir pendant des jours jusqu'à ce que l'ours en moi soit convaincu que tu es à lui.

Je le fixe du regard et lutte contre l'envie de le prendre ici et maintenant. Je suis peut-être devenue un lapin métamorphe plutôt qu'un ours ? Ma libido va certainement dans ce sens.

Finn s'allonge et pose sa grosse tête sur mes genoux. Je caresse doucement sa douce fourrure. Il grogne, ce que j'interprète comme un ronronnement d'ours. Les deux ours bruns se sont tenus à l'écart jusqu'à présent, mais lorsqu'ils me voient caresser Finn, ils s'approchent de moi des deux côtés. Húnn se lève sur ses pattes arrière comme pour se présenter, puis pose ses pattes avant sur le lit, qui grince dangereusement. Je suis presque sûre qu'il n'a pas été conçu pour supporter le poids de deux humains et de trois ours.

Je lui tends une main, qu'il lèche.

— Tu étais censé la renifler, pas la lécher, me plains-je.

J'essuie ma main sur la couette. C'est dégoûtant !

Torben se remet à rire, ce qui lui vaut un coup de coude dans les côtes de ma part.

— Ça n'aide pas. On peut faire ça dehors ? Je ne pense pas que Bertrand et Arnold soient très heureux si on casse leur lit.

Il soupire, puis acquiesce. Et sourit d'un air de loup.

— Il vaudrait certainement mieux que tu t'habilles, mais je pense que tes vêtements sont encore dans le salon.

Salaud ! Il veut que je me promène nue dans la maison ?

Certainement pas ! S'il n'y avait que nous deux, peut-être. Même dans ce cas, mon sens de la pudeur me combattrait à chaque pas. Mais avec les autres ours et nos hôtes... aucune chance !

Puis je me souviens de l'armoire. Quand ils m'ont amenée hier, ils m'ont donné certains des vêtements que nous avions trouvés dans l'autre maison du village. Torben se moque de moi.

Je lui souris gentiment.

— Torben, mon chéri, pourrais-tu aller chercher des vêtements dans l'armoire là-bas ? Je t'en serais très reconnaissante.

Je me lèche les lèvres d'une manière que j'espère vaguement séduisante. Je dois apprendre à utiliser mes charmes féminins, si tant est que j'en possède.

Je t'apprendrai.

Merci, Alis, mais je pensais à mes atouts humains. Tu peux t'occuper du côté ours des choses. Si j'arrive à me transformer.

Tu peux. Je ne te laisserai pas le choix.

Je sens sa détermination et l'inquiétude me gagne.

— Torben, ça fait mal de se transformer ?

Il me tend des vêtements et acquiesce.

— Oui, la première fois. C'est plutôt une douleur mentale, le temps que ton esprit humain s'habitue à l'idée d'être soudain dans le mauvais corps. Ça aide si tu laisses l'ourse en toi prendre le relais. Elle sait ce qu'il faut faire.

— Peut-être que je ne suis plus aussi enthousiaste, maintenant, marmonné-je.

Il prend ma main et la serre afin de me rassurer.

— Je serai avec toi. On sera tous là.

Il me faut une éternité pour chasser les ours de la chambre afin de pouvoir me changer. Il me faut encore plus de temps pour me convaincre de sortir et d'arrêter d'embrasser Torben. Je ne sais pas si je dois mettre ça sur le compte du lien ou simplement de mon désir pour lui. Si je le pouvais, j'accepterais son offre de rester enfermée dans cette pièce pour les prochains jours. Mais je sens l'excitation des autres ours et je ne veux pas les décevoir. Si Torben dit qu'il est important qu'ils apprennent à connaître le nouveau moi, alors, qu'il en soit ainsi !

Ils nous attendent devant la porte d'entrée. Torben me met un manteau sur les épaules, et même si je suis tentée de lui rappeler que j'ai très chaud même sans ce vêtement, je suis touchée par son comportement de gentleman. Il tient vraiment à moi. Comment je pourrais en douter ?

Comme tout à l'heure, Finn bondit vers nous et me tourne autour en s'amusant. Pour moi, rien n'a changé ; je les ai souvent côtoyés sous leur forme animale. Je les ai tous chevauchés lors de notre voyage vers Inchbrach. Mais pour eux, le changement doit être immense. Le plantigrade couleur de miel s'arrête derrière moi et commence à renifler mes pieds, puis remonte. Lorsque son museau atteint mes fesses, je fais un pas en avant.

— Tu ne sens pas les fesses d'une femme ! lui dis-je.

Il adopte un air légèrement coupable. Quand il a fini, Ràn s'avance et fait de même. Je me sens mal à l'aise, là, à me faire renifler par des ours. Si je ne les connaissais pas, je croirais qu'ils cherchent à savoir quelle partie de moi sera la plus savoureuse. Je ne constituerais pas un très gros repas – ma jeunesse passée sur une île aux ressources limitées m'a rendue plus maigre que je ne l'aurais souhaité. Mes hanches forment une courbe qui aurait de l'allure si j'avais un peu de graisse sur les os. Peut-être que maintenant que nous semblons avoir trouvé un foyer où il y a des gâteaux et des haricots blancs à la sauce tomate, je vais pouvoir prendre un peu de poids.

Húnn est le dernier à me renifler. Je suis soulagée quand il recule. Les trois ours ont l'air satisfaits. Torben passe un bras autour de mes épaules et me regarde fièrement. Comme un seul homme, les ours inclinent légèrement la tête.

— Ils te reconnaissent comme ma partenaire, dit-il en me rapprochant. Ils te protégeront au péril de leur vie.

— Je ne voudrais pas qu'ils fassent ça, réponds-je, ce qui le fait sourire.

— Et c'est exactement pour ça que tu t'intègres si bien dans notre petite famille. Maintenant, tu veux essayer de te transformer ?

— Je dois me déshabiller ?

S'il te plaît, dis non ! S'il te plaît, dis non !

— J'en ai bien peur. Ce sera plus facile. Une fois que tu te seras habituée à la transformation, tu pourras le faire avec tes vêtements – même si, bien sûr, ils seront inutilisables après.

Il me prend le manteau des épaules en guise d'encouragement.

— Les gars, laissez-lui un peu d'espace. Elle n'est pas encore habituée à la nudité.

Et je ne pense pas l'être un jour.

Avec un léger choc contre mes jambes, les ours s'enfuient et disparaissent derrière la maison. Je suis seule avec Torben, qui me regarde avec impatience. Avec un soupir, je commence à enlever mes vêtements. Pourquoi je les ai mis, déjà ? Quelle perte de temps !

Je suis tentée de me couvrir, mais c'est Torben, il m'a déjà vue nue auparavant. La dernière fois, il a vu beaucoup de moi, et sous tous les angles.

— Maintenant, tu dois laisser l'ourse en toi remonter à la surface. Tu dois la laisser prendre le contrôle. Je sais que c'est difficile, mais elle sait ce qu'il faut faire. Plus tu disparaîtras dans l'ombre, moins tu auras mal.

Pourquoi il me rappelle la douleur ? C'est tout simplement diabolique. Je l'avais chassée de mon esprit à dessein.

Alis, tu es prête ?

J'ai été prête toute ma vie.

Qu'est-ce que ça veut dire ? Tu existais avant que Torben et moi... tu sais ?

Oui. Je t'observe depuis longtemps, je savais que j'étais destinée à te rejoindre.

Cela semble un peu... exagéré ? Théâtral ?

Oh, chérie, tu as tant à apprendre ! J'ai un travail à faire et en tant qu'hôtesse, tu devras m'aider.

Quel travail ?

Sauver le monde, bien sûr !

Et c'est sur cette déclaration emphatique que je suis soudainement poussée. Une brume noire s'abat sur ma vision et un picotement parcourt mes muscles. Je lutte d'instinct, m'accroche à la maîtrise que j'ai sur mon corps.

Laisse-toi aller, siffle Alis. *Ne lutte pas.*

Une douleur aiguë s'installe derrière mes yeux, je sens mes genoux se dérober. C'est bon signe. Tant que je ressens encore des choses, j'existe.

Plus tu te débats, plus tu as mal.
Elle ne prendra pas le relais.
Mon corps.
La douleur.
Moi.
Isla.
Alis.

CHAPITRE TREIZE

ALIS

Enfin, j'ai retrouvé un corps ! Cela a pris des siècles, mais je suis à nouveau corporelle. J'étire mes quatre membres, je me réhabitue à cette sensation. Cela fait trop longtemps. Mes pattes blanches se fondent dans le paysage enneigé, mais mes griffes noires gâchent le camouflage. Je secoue ma grosse tête et sens la fourrure tourbillonner dans l'air. Il faut que je trouve rapidement un miroir pour voir si je suis toujours aussi magnifique qu'avant.

Isla crie après moi en arrière-plan, mais je suis trop excitée pour m'en soucier. J'ai un corps, un vrai corps ! Avec de la fourrure, des pattes et une langue qui peut lécher les flocons de neige sur le sol. Toutes les sensations, toutes les...

Isla me frappe mentalement et je grogne.

Calme-toi, c'est mon tour, maintenant.

Elle me hurle des injures. Cette fille a un langage fleuri, j'aimerais qu'elle l'utilise plus souvent. Elle est trop gentille, mais ce n'est pas étonnant avec cette éducation ! Je l'observe depuis sa naissance, j'ai souri à ses premiers pas, pleuré à la mort de ses parents, maudit son oncle quand il s'en prenait à elle. Elle a repoussé une grande partie de ses souvenirs, mais j'ai tout vu. Un jour, je lui ferai payer ce qu'il a fait à Isla et aux autres femmes de l'île. Mon humaine ne connaît pas la moitié des crimes qu'il a commis.

Lorsqu'elle s'est enfuie, j'ai su que je n'allais pas tarder à la rencontrer vraiment. Je n'ai jamais douté qu'elle survivrait. Ils ne m'auraient pas laissé attendre des siècles pour qu'elle soit tuée au dernier moment.

Elle est encore un peu immature, mais son cœur est au bon endroit. Elle se débrouillera bien en tant qu'hôtesse. Tant qu'elle me laisse sortir assez souvent. La sensation du sol sous mes pieds me manque. J'avance d'un pas hésitant et regarde avec plaisir ma patte s'enfoncer dans la neige fraîche. Je sais que c'est le printemps, mais le temps a beaucoup changé. La neige va probablement rester pendant un certain temps.

La dernière fois que j'ai marché sur Terre, tout était différent. L'Immersion n'avait pas encore eu lieu, les gens n'étaient pas dépendants de la technologie et les ours métamorphes étaient nombreux. J'ai perdu la notion du temps après la mort de mon dernier hôte et je n'ai pas vu le monde changer. Ce n'est que lorsque j'ai été assignée à Isla que j'ai commencé à prendre conscience de tous les bouleversements. J'étais liée à elle et je ne pouvais pas voir plus loin que l'endroit où elle se trouvait, mais c'était suffisant pour remarquer que plus aucun ours ne vivait parmi les humains. Sur leurs machines fantaisistes, ils parlaient des loups métamorphes, ce qui est bien sûr une idée idiote. Seuls les ours sont assez forts pour partager leur esprit avec les humains. Nos deux espèces sont fortes d'esprit et têtues, deux caractéristiques nécessaires pour pouvoir former ce lien très spécial.

Ils ont dit à Isla qu'il restait encore quelques ours en Scandinavie, mais je connais ma mission, il est clair qu'ils ne survivront pas longtemps. Je n'ai pas menti quand j'ai dit que je sauverais le monde. Mais pas tout le monde. Juste le monde des ours. Nos femelles n'ont plus assez d'oursons pour maintenir notre population en vie. Pendant que je flottais dans les cieux, de plus en plus d'ours ont été expulsés de leurs hôtes humains sans avertissement. Quelque chose ne va pas et je vais devoir y remédier.

J'aurais aimé qu'ils me donnent des instructions. C'est difficile de réparer quelque chose si on ne sait pas ce qui est cassé. Je vais faire lire à Isla le livre que les vieux ours lui ont donné. Et leur parler à tous les deux. Ils sont là depuis un moment, peut-être qu'ils savent quelque chose. Et si Torben a raison, alors, Inchbrach détient une sorte de secret qui nous aidera à aller au fond du problème.

Mais pour l'instant, je vais profiter du corps que j'ai retrouvé.

Je cours dans la neige, le vent froid sur la gueule. Mes pas sont de plus en plus grands, je vole presque. Je sens que les autres ours me rejoignent, mais ils ont du mal à me rattraper. Ils ne le savent pas encore, mais je suis plus forte qu'eux. Même que Torben. C'est un bambin à mes yeux et il n'a rien à envier à mon partenaire. Mais je comprends ce qu'Isla lui trouve. Et tant qu'il l'aime autant que lui, ça me va. C'est un bon humain et un bon ours. Comme n'importe quel alpha, les deux sont proches, presque perceptibles. Je me demande même si l'ours en lui a un nom. Il y a beaucoup d'ours en Torben, même s'ils ne se sont pas transformés. C'est souvent comme ça pour les alphas. Raoul était pareil. Mais je ne devrais pas penser à lui. Il est perdu pour moi pour l'instant et ça ne sert à rien d'être triste de notre séparation. Par contre, il faudra que je fasse comprendre aux ours que je suis prise. Ils peuvent avoir Isla, mais pas moi.

Mais si j'en crois l'adoration qu'ils lui portent, cela ne devrait pas poser de problème. Elle a de la chance de les avoir trouvés. J'ai du mal à croire qu'il s'agisse d'une coïncidence.

Je ralentis, puis m'arrête au sommet d'une colline, à bout de souffle. Je dois me réhabituer. Ce nouveau corps a plus de limites que l'ancien. On dirait que les ours se font de plus en plus rares, mais aussi de plus en plus faibles.

Les autres me rattrapent enfin et je me retourne pour les accueillir. Ce sont de magnifiques mâles. Le pelage de Torben est presque entièrement blanc, hormis quelques taches jaune pâle sur le ventre et les pattes. À première vue, Ràn et Húnn sont identiques, mais je sais que, même s'ils sont frères, ils ont reçu une éducation très différente.

Sous la fourrure de Ràn se cachent des cicatrices qu'Isla n'a pas encore découvertes. Húnn n'est pas complètement indemne. Je sens son chagrin chaque fois qu'il regarde Isla. Il a déjà été déçu et je ne sais pas s'il aura le courage d'essayer de se rapprocher d'elle. J'espère qu'il le fera. Il est beau avec sa fourrure sombre et brillante et ses grands yeux.

Finn est le plus jeune de la horde et le plus joueur. Je n'ai pas encore vu au-delà de son comportement jovial, mais je me demande s'il y a plus en lui que le garçon facile à vivre que j'ai observé jusqu'à présent. J'espère que c'est le cas. Isla a besoin de plus qu'un joueur et un plaisantin. Il serait trop petit pour moi, mais heureusement, il est de taille moyenne pour un humain.

Torben est le premier à s'approcher de moi. Il incline la tête lorsqu'il se trouve devant moi et lorsque j'acquiesce, il frotte sa joue contre la mienne. Je frissonne en constatant que c'est la première fois que l'on me touche depuis longtemps. Il marche le long de mon flanc, je sens ses muscles lorsqu'il se presse contre moi. Nous échangeons nos odeurs, ce qui n'est pas nécessaire à proprement parler, mais c'est un ancien rituel qui date de l'époque où nous étions moins conscients et plus sauvages.

Satisfait, il recule et je secoue ma fourrure pour la remettre en ordre.

Les frères s'approchent en même temps, passent devant moi, un de chaque côté. Leur contact est étonnamment doux. Je souris intérieurement, car cela me rappelle ces machines à laver les voitures que j'ai vu Isla explorer avant l'Immersion. C'est comme si j'étais coincée entre deux brosses géantes et poilues, en ce moment.

Isla glousse dans mon esprit. On dirait qu'elle se fait à l'idée d'être coincée à l'intérieur et d'utiliser mes yeux pour voir le monde. Lorsqu'elle remarque que je me concentre sur elle, elle se met immédiatement à crier. Je souris, l'ignore à nouveau, et tourne mon regard vers Finn.

Cette fois, il n'est pas aussi enjoué que tout à l'heure. Il se déplace vers moi lentement, presque avec révérence. Je me demande s'il sait qui je suis. Aucun d'entre eux ne doit le savoir... pour l'instant. Je le leur dirai dans un instant, quand Finn aura fini d'échanger son odeur. Sa fourrure est la plus douce de toutes, je suis maintenant pourquoi Isla aime la caresser. Il fait un tour complet autour de moi, sans jamais s'éloigner assez pour cesser de me toucher. Lorsqu'il a terminé, il frotte son museau contre le mien dans une sorte d'étreinte humaine. Je lui donne un léger coup de coude pour qu'il recule. Il ne faut pas qu'il se fasse de fausses idées.

Je m'allonge dans la neige en me léchant les pattes. Les quatre ours me regardent avec hésitation. En tant que femelle, c'est moi qui dois initier la communication. D'abord avec l'alpha, puis il pourra transmettre le lien au reste de la horde. Mais je ne suis pas pressée. Plus je fais traîner les choses, plus je peux rester sous ma forme animale. Je sais qu'Isla s'impatiente, mais elle doit apprendre à gérer cela. J'ai été dans son esprit assez longtemps, maintenant, c'est mon tour.

Torben expire si bruyamment que la neige s'envole. Il s'impatiente.

Je soupire avant d'utiliser mon esprit pour trouver l'ours en lui. Comme je le supposais, il a fusionné avec son humain. Je frémis. Je ne voudrais pas être aussi proche de mon humaine, aussi sympathique que soit Isla. J'aime avoir mon propre espace, à la grande frustration de Raoul.

Je m'appelle Alis.

Je m'appelle Torben.

Ils partagent leur nom. Je frissonne à nouveau. Je suis heureuse de ne pas être un alpha. Les femelles ne le sont jamais, même si elles sont plus dominantes. Nous vivons seules, partageons parfois notre vie avec un alpha et peut-être même avec le reste de sa horde, mais restons toujours indépendantes. Nous ne sommes loyales qu'envers nos petits. Je suis un peu triste en pensant que je n'en ai jamais eu. Raoul et moi avons été séparés avant d'en arriver là. C'est moi qui ai voulu attendre. Aujourd'hui, je le regrette énormément. Je devrais peut-être dire à Isla d'en faire pour nous deux.

Présente-moi ta horde, exigé-je.

Torben résiste un peu, mais ouvre un canal vers les autres ours quelques instants plus tard. Il sait que je suis plus forte que lui, même s'il a du mal à s'y faire. Il a été l'ours le plus dominant pendant si longtemps que c'est nouveau pour lui.

Ce n'est pas mon problème.

Ma dame. Mes oreilles se dressent. L'ours en Finn est plus conscient que les autres, apparemment. Je souris. J'ai enfin la dévotion que je mérite.

Comment je peux t'appeler ?

Mahon, ma dame. C'est un honneur de vous rencontrer.

Tu sais qui je suis ?

Oui. Mon père racontait des histoires sur vous. Quand vous vous êtes transformée, j'ai tout de suite su que c'était vous. Je ne connais aucun autre ours avec des yeux comme les vôtres. Des yeux comme la lumière des étoiles, disait mon père. Comme si l'Univers était emprisonné dans une femme.

Je souris à sa flatterie. Je suis contente que mes yeux soient restés les mêmes. Je n'étais pas un ours polaire dans ma dernière vie, mais au moins, j'ai toujours les yeux qui m'ont rendue célèbre. Raoul a écrit des poèmes à leur sujet qui ont été largement diffusés. Mais c'était bien après ma renommée. À l'époque, j'étais connue sous un autre nom, mais cette ancienne version de moi a disparu. Maintenant, je suis Alis, l'ourse aux beaux yeux. L'ourse qui ne vient sur Terre qu'occasionnellement, lorsqu'elle a du travail à y faire.

L'ours en Húnn s'avance et s'incline.

Je suis Pelja. Je ne sais pas pourquoi Mahon vous appelle ma dame, mais je suis sûr qu'il a raison.

Je lui adresse un sourire mental et il grogne de plaisir. Ces ours sont exigeants et veulent être reconnus par leur nouvelle femelle. Ils veulent de l'attention, je vais leur en donner. Pas une attention sexuelle, bien sûr. Il n'y a qu'un seul mâle dans ma vie. J'ai déjà été séduite et cela s'est terminé en désastre, alors plus jamais. Je resterai fidèle à Raoul.

L'ours en Ràn est le dernier à se présenter.

Je suis Orson, ravi de vous rencontrer. Nous attendions de la compagnie depuis des lustres, c'est donc un plaisir de voir notre horde grandir. Même si c'est dans ces circonstances malheureuses. C'est bien d'avoir quelqu'un de nouveau, c'est ennuyeux d'être toujours avec les trois autres.

Il parle vite, tout le contraire de son humain, qui ne dit presque jamais rien. C'est curieux de voir à quel point ils peuvent être différents. Mais c'est ce qui fait la beauté des ours métamorphes – nous sommes deux âmes dans un seul corps qui coexistent pacifiquement. La plupart du temps. Sinon, au moins l'un devient fou.

Isla commence à me frapper et je sens venir un mal de tête. Il faut que je lui dise qu'elle doit laisser de l'espace à l'autre. Je l'ai laissé faire l'amour avec Torben sans la déranger, alors pourquoi elle ne peut pas me laisser m'amuser, maintenant ?

Isla, tais-toi, sifflé-je. À ma grande surprise, elle s'arrête. Nous pouvons peut-être devenir amies, après tout ? Et c'est moi qui lui dirai quoi faire, bien sûr !

Je secoue à nouveau ma fourrure, je me délecte de cette sensation. Magnifique ! J'espère que les garçons apprécient la vue d'une ourse polaire. Je suis un splendide spécimen. Non pas qu'ils soient moches, mais je suis certainement la plus belle. Pas étonnant que Zeus soit tombé amoureux de moi il y a si longtemps.

Je le chasse de mes pensées. N'évoquons pas ces vieilles histoires. Je suis Alis, maintenant, pas Callisto. Alis, l'ourse en Isla. C'est simple.

Mon estomac gronde. C'est étrange comme j'ai oublié ce que c'est d'avoir faim !

On va chasser ?

Quatre approbations me parviennent et ensemble, nous cavalons dans la neige. Je suis libre, enfin libre ! Mon corps répond à ma volonté et à chaque pas, je me sens encore plus vivante.

Je sens Isla assise à l'arrière, les yeux écarquillés, tandis que j'attrape un poisson et que je le mange en entier. Je n'ai pas besoin qu'on me livre des paniers pique-nique, je peux me débrouiller toute seule. Les humains sont si faibles ! Je ne comprends pas comment leur espèce a pu arriver jusqu'ici.

Quand je suis rassasiée, je m'allonge dans la neige, légèrement fatiguée. Isla est de plus en plus forte, elle est sur le point de revenir. Elle ne me combat plus consciemment, mais c'est tout naturellement que son esprit veut reprendre possession de son corps. Mais pas de ce corps-là. Elle ne saurait pas quoi faire en tant qu'ourse polaire. Ce serait incroyablement douloureux pour elle.

Je roule sur le sol pour laver ma fourrure dans la neige. Je sens l'amusement des garçons briller à travers notre lien. Je vais leur montrer.

Je me lève d'un bond et cours vers Torben, qui réussit de justesse à s'écarter de mon chemin. Je me mets sur mes pattes arrière et m'étire pour lui présenter mon immense corps. Je suis plus grande que lui, il a intérêt à s'en rendre compte.

Je me laisse retomber sur mes pattes avant et j'avance vers lui, lui montre mes dents acérées. Un grognement s'échappe de ma gorge. Nos yeux se croisent, je sens sa résistance à travers notre lien. Il croit encore qu'il est l'ours dominant. Il va être déçu.

Je pousse mon esprit dans le lien et déchire ses défenses. Nous ne sommes pas des animaux, nous n'avons pas besoin de nous battre physiquement. Nos esprits suffisent à établir notre force.

Il est déterminé, je le reconnais. Il a construit des murs épais autour de son esprit, mais je connais toutes les astuces. J'ai appris des meilleurs et j'ai eu des siècles de pratique. Ce gamin connaîtra bientôt sa place.

D'une dernière poussée, je suis dans son esprit. Je résiste à l'envie de jeter un coup d'œil. Je ne suis pas ce genre de personne ; je sais qu'il a droit à une vie privée. Tout ce que j'ai à faire, c'est de lui montrer ce dont je suis capable.

Je recule, mais je ne peux m'empêcher d'éprouver ses sentiments. Je souris quand je réalise la force de son amour pour Isla. Même s'ils n'étaient pas partenaires, il la poursuivrait. Il est totalement épris d'elle, j'en suis presque jalouse.

Mais j'ai mon propre partenaire, même s'il n'est pas ici avec moi. Je lâche prise et reviens dans mon corps. Torben a l'air confus, il secoue la tête plusieurs fois, cligne des yeux avant de revenir à la réalité. Je suis sûrement la première à le combattre mentalement. Est-ce que je dois m'excuser ? Non, ce n'est pas mon genre.

Maintenant que nos rangs sont établis, je cours vers la

maison. Isla a presque franchi le mur qui sépare nos esprits. Encore un peu et elle sera projetée dans mon corps. Et par expérience, je sais que ça va faire mal. En même temps, je ne veux pas qu'elle se retrouve nue au milieu de l'île. Je tiens suffisamment à elle pour lui éviter de devoir monter sur l'un de ses ours sans vêtement. Même si je suis sûre qu'ils n'y verraient pas d'inconvénient, au contraire. Elle ne sait pas à quel point ils l'adorent tous. Je ne sais pas si elle se rend compte qu'ils veulent tous plus que de l'amitié. Je devrais avoir une discussion avec elle sur les relations avec les ours. Nous, les femelles, avons de la chance, nous choisissons nos amants, à moins qu'ils ne soient nos partenaires. Certaines d'entre nous en prennent plusieurs, d'autres changent constamment d'amant. Les mâles doivent s'en accommoder.

Je m'arrête devant le chalet en respirant bruyamment. Je note mentalement qu'il faut que je fasse un peu d'exercice quotidien sous ma forme animale. Je serais nulle dans un combat, en ce moment. Et curieusement, je suppose qu'il y aura des combats à un moment donné. Sinon ils ne m'auraient pas envoyée ici.

Je me suis entraînée avec Artémis, je suis l'une des meilleures.

Je tousse. D'accord, *j'étais* l'une des meilleures. Mais avec un peu d'entraînement, je reviendrai vite au niveau.

Je frappe à la porte avec ma patte avant. Arnold ouvre et me regarde avec surprise.

Puis il sourit.

— Je vais te chercher des vêtements et je les laisse près de la porte. Ne t'inquiète pas, je dirai à Bertie de rester dans le salon avec moi jusqu'à ce que tu sois habillée.

Je décide qu'il me plaît. Il est intelligent et respecte les femmes. J'espère que je rencontrerai bientôt l'ours en lui. Il a une odeur intéressante.

Isla, prépare-toi, je suis sur le point de me transformer.

C'est tout l'avertissement qu'elle reçoit. Au revoir, corps, à bientôt.

CHAPITRE
QUATORZE

C'est comme se réveiller d'un sommeil superficiel et insatisfaisant. Le genre de sommeil où l'on se souvient d'avoir tourné en rond dans son lit, d'avoir essayé de s'endormir, pour se rendre compte que l'on est toujours éveillé. La différence, c'est qu'en général, je ne me réveille pas nue, transie de froid et entourée d'ours.

J'ai un vague souvenir d'avoir été l'une d'entre eux. Une ourse polaire comme Torben, mais je ne sais pas exactement à quoi je ressemblais. Il faut que je demande à Alis de chercher un miroir la prochaine fois que nous nous transformerons. Je ne suis pas vaniteuse, mais je veux savoir quelle est la taille d'une ourse polaire. Et si je suis jolie. D'accord, je suis peut-être vaniteuse.

Je me mets à quatre pattes – quoi ? Idiote ! Tu es humaine, tu n'as pas de pattes. Et tu marches sur tes jambes. Sur deux d'entre elles. Tes mains ne sont pas censées être par terre.

Derrière moi, les ours grognent de rire et je cache moi-même un sourire. Je dois avoir l'air hilarante, à quatre pattes dans la neige. Nue. Pourquoi je finis toujours comme ça ? Je suppose que c'est la même chose pour tous les métamorphes. J'aimerais qu'il soit possible de se transformer avec des vêtements. Ce serait tellement moins gênant !

Je me lève, entre dans la maison – comme une humaine – et ferme la porte derrière moi. Comme promis, une pile de vêtements m'attend, je les enfile avec reconnaissance. C'est tellement agréable d'avoir quelque chose qui couvre ma peau nue ! Les hommes n'ont pas l'air de comprendre cela. C'est peut-être parce qu'ils ont grandi en tant que métamorphes.

J'ouvre la porte d'entrée et la referme immédiatement. Ils n'ont pas attendu pour se transformer. Et je ne suis pas sûre de vouloir apercevoir tout cela. J'ai déjà vu Torben nu, bien sûr (et dans toute sa gloire), mais les autres...

Bonnie et Clyde me disent de sortir et de regarder à nouveau. Et peut-être de toucher un peu. Mais si je le fais maintenant, je vais encore perdre mes vêtements et... et... et... J'ai du mal à trouver de bonnes raisons de ne pas sortir. Torben a dit que les ours avaient l'habitude de partager leurs femelles. C'est l'ourse qui choisit avec qui elle est. Mais je ne sais même pas s'ils sont tous intéressés. Torben est mon partenaire, donc je sais qu'il est à moi, et Finn a clairement montré qu'il me veut autant que je le veux. Mais les deux frères... peut-être qu'ils veulent juste de l'amitié ? À la maison des femmes, où j'ai essayé la robe qui nous a permis, à Torben et moi, de commencer le lien d'accouplement, ils avaient l'air d'être intéressés. Affamés. Mais qui sait si je ne les intéressais que physiquement... et ce n'est pas suffisant. Je ne suis pas ce genre de fille.

Crois-moi, ils sont plus qu'intéressés.

Comment tu le sais ?

J'ai des yeux, idiote ! Et avant même de pouvoir regarder à travers les tiens, je les ai vus. Ils attendent juste le bon moment. Et que tu leur montres que tu ne les rejetteras pas.

C'est vraiment ce qu'ils pensent ?

Je ne peux pas lire dans leur esprit, mais c'est évident. Je pense que si Torben n'avait pas fait le premier pas, ils l'auraient fait. Même s'ils respectent beaucoup leur alpha, peut-être qu'ils attendent aussi qu'il approuve.

Il n'aura pas à approuver quoi que ce soit. C'est moi qui prendrai la décision. Et si je les veux, je les aurai.

Bravo, chérie ! Je pense que je les ai bien fatigués avec toute cette course, alors tu ferais mieux d'attendre qu'ils soient en meilleure condition. Tu veux qu'ils aient de l'endurance.

Je rougis lorsqu'elle m'envoie des images très explicites de moi coincée entre Húnn et Ràn. Cela me fait penser... Alis, ces images t'intéressent aussi ?

Un silence s'impose pendant un moment et je crains que ce soit le cas. Comment cela est censé fonctionner ?

Non, j'ai mon propre partenaire.

Enfin ! Je remarque alors qu'elle vient à peine de naître, si l'on peut dire. Je ne comprends toujours pas comment elle s'est soudainement retrouvée en moi. La partie scientifique de mon cerveau ne comprend pas. Même si j'ai accepté l'existence des ours métamorphes, sa présence dans ma tête rend les choses encore plus réelles. Est-elle est un métamorphe ? Ou un ours ? Un esprit ?

Une nymphe, en fait, mais c'était il y a longtemps. Je ne vais pas t'ennuyer avec l'histoire, tout ce que tu dois savoir, c'est que tu n'es pas mon premier hôte humain et que j'ai un partenaire qui n'est pas ici avec moi, mais à qui je resterai toujours fidèle.

Maintenant, soit tu sors et tu regardes leurs verges, soit tu vas manger quelque chose. J'entends ton estomac grogner.

Elle disparaît alors, laissant derrière elle un écho rempli de tristesse. Son histoire ne peut pas être heureuse, avec un partenaire absent. Et elle a dit nymphe ? Je ne suis même pas sûre de savoir ce que cela signifie. La mythologie grecque ? Ou romaine ? L'Immersion a gâché toutes mes chances d'avoir une bonne éducation. Ma culture générale est horrible, mais au moins, j'ai mes compétences médicales.

Alis ? Tu m'en diras plus ?

Pas de réponse. Je suis son conseil et me dirige vers la cuisine, où je trouve une grande assiette débordant de sandwichs. Arnold et Bertrand sont des hôtes parfaits. J'aimerais pouvoir leur rendre la pareille. Ils font tout ce qu'ils peuvent pour nous nourrir et nous accueillir, mais je suis sûre que leurs ressources ne sont pas illimitées. Sur l'île du Salut, j'étais utile en tant que guérisseuse parce qu'il y avait beaucoup de monde et que quelqu'un se blessait ou tombait malade tous les deux jours. Mais ici, nous ne sommes que sept. Je passe en revue mes compétences... peu nombreuses. Je sais cuisiner, mais les deux ours les plus âgés sont bien meilleurs. Je sais écrire et lire, je suis douée avec les enfants, je sais tricoter et coudre, et en vivant sur l'île, j'ai aussi appris quelques rudiments de bricolage. Parfois, nous avons tous dû mettre la main à la pâte lorsqu'une maison devait être construite ou que la salle communautaire avait besoin de réparations. Mais je ne vois pas comment ces compétences pourraient servir à quoi que ce soit ici.

Je me sens complètement inutile. Nous ne pourrons pas rester longtemps lorsqu'ils l'apprendront. Je doute qu'ils aiment les profiteurs. À moins que mes quatre ours n'aient des talents extraordinaires à faire valoir. Ils sont peut-être meilleurs à la chasse ? J'ai encore du mal à imaginer un panda courir après une proie. Cela me rappelle que je sais maintenant qu'Alis sait pêcher… J'espère que Bertrand et Arnold aiment le poisson.

Je prends mon sandwich à moitié mangé et les rejoins dans le salon. Húnn est assis près du feu, il regarde nos hôtes jouer aux échecs. Je ne vois aucun signe des trois autres.

— Tu joues ? lui demandé-je.

Il acquiesce.

— Ràn est bien meilleur, il me bat toujours.

J'essaie de cacher ma surprise, mais il la voit et sourit.

— La plupart des gens sont surpris d'apprendre qu'il joue aux échecs. Il lit aussi beaucoup. On ne le devinerait pas si l'on se fiait au peu qu'il dit.

Arnold se lève et fouille dans un placard près de la cheminée.

— Nous avons un deuxième plateau quelque part… ah, le voilà !

Il me passe un beau coffret en bois que je prends avec précaution. Les carrés noirs et blancs sont faits d'un matériau frais et poli, peut-être de la porcelaine. À l'intérieur de la boîte se trouvent des pièces d'échecs sculptées de façon complexe, chacune d'entre elles est une œuvre d'art. J'installe l'échiquier, j'admire chaque pièce.

— Qui les a faites ? demandé-je.

Les deux métamorphes plus âgés se sourient l'un à l'autre.

— Un artisan en Chine, dans le village d'où vient ma famille. Nous y sommes allés il y a une vingtaine d'années, pour un retour aux sources. Les gens pensaient que les pandas étaient en voie de disparition, à l'époque, mais ils étaient bien loin de la vérité. Il existait des villages entiers où ne vivait pas un seul être humain. Tous n'étaient que des pandas métamorphes. C'était incroyable, j'ai appris tellement de choses sur notre héritage ! Ils étaient un peu surpris que je ne parle pas chinois.

Il s'esclaffe.

— C'est étrange d'arriver brutalement dans un pays inconnu et d'y trouver des centaines de parents éloignés. J'ai été adopté et élevé au Royaume-Uni et je n'ai jamais su si j'avais encore de la famille vivante. Il s'avère que j'en ai plus que j'espérais. Maintenant, montrez-moi si vous êtes bons aux échecs.

Sous leur regard, Húnn et moi commençons notre partie. Il est clair qu'il est bien meilleur que moi. Il semble capable de planifier ses coups longtemps à l'avance, alors que je relève tous les défis qu'il me lance. Je les vois grimacer devant certains de mes coups.

Au moment où Húnn me dit *échec et mat*, les autres garçons nous rejoignent. Je ne sais pas où ils étaient pendant tout ce temps, mais je suis heureuse qu'ils soient près de moi. Comme s'ils m'avaient manqué, avant — ce qui est bien sûr insensé. Quelqu'un qui n'est parti qu'une demi-heure ne nous manque pas.

— Tu as perdu, chérie ? demande Finn.

Je souris. Cela faisait longtemps qu'il n'avait pas utilisé ce petit nom.

— Tu as besoin de te remonter le moral ?

— Ça dépend de ce que ça implique, répliqué-je, espérant qu'il s'agira d'un baiser.

Ou que je puisse m'asseoir sur ses genoux ; je me souviens que c'était très confortable. Une fille peut rêver.

— Tu veux jouer contre moi ? Je perds toujours, dit-il, à ma grande déception.

— Non, je veux voir Ràn battre son frère.

Devant leur regard incrédule, j'ajoute :

— Aux échecs. Pas avec les poings.

— Ràn ne joue pas aux échecs, dit Torben, confus.

Je fronce les sourcils.

— Mais Húnn a dit...

Ràn s'assoit à côté de moi et fixe le plateau.

— Je joue. Ça ne m'est pas arrivé depuis longtemps, c'est tout.

Je trouve étrange que les autres ne soient pas au courant, mais je ne demande pas. Je me blottis contre lui pendant qu'il remet les pièces en place.

Une fois le plateau prêt, il me prend et m'installe sur ses genoux, maintenue par ses jambes. Je suis un peu surprise, mais c'est moi qui l'ai incité à le faire en posant ma tête sur son épaule. Encore une fois, je me demande si c'est amical ou plus que ça.

La seconde option, suggère Alis dans ma tête. *Si tu te penches un peu en arrière, tu le sentiras.*

En cherchant à ne pas éveiller les soupçons, je me recule afin que mes fesses soient contre sa... euh, oui, c'est plus qu'amical. Sauf s'il réagit comme ça avec ses amis. Mais ce serait un peu inquiétant. À moins qu'il ne soit excité en permanence...

Arrête. Il te veut, mais comme tu es l'alpha, il ne fera pas le premier pas. C'est à toi de lui dire ce que tu veux.

Comment faire ?

Alis gémit. *Tous les humains sont aussi bêtes ? Embrasse-le, mets ta main sur lui ou dis-lui de te baiser, je m'en fiche !*

Surveille ton langage. Tu es dans ma tête, on parle correctement, ici. Pas de jurons !

Tu le fais tout le temps.

Oui, mais c'est ma tête. Maintenant, tais-toi, je veux regarder la partie.

Húnn a joué le premier coup, c'est maintenant au tour de Ràn. Il doit me contourner pour déplacer son pion, si bien que son biceps effleure doucement mon flanc. Et ma poitrine, un peu. Ma peau picote à l'endroit du contact. J'en veux plus. Lorsqu'il joue le coup suivant, je me tourne pour que son bras me touche encore plus. Je ne sais pas s'il le remarque, mais à son troisième coup, il gémit quand il comprend ce que je suis en train de faire.

— Isla, je ne peux pas me concentrer comme ça.

J'ai envie de lui dire que je le sais, que je sens sa distraction se presser contre mes fesses, mais je me contente de sourire innocemment à Húnn, qui m'observe avec amusement.

— Tu as dit que ton frère gagnait toujours ? Voyons s'il gagne, cette fois-ci.

Les garçons rient et même Ràn s'esclaffe, ce qui fait vibrer doucement sa poitrine. Chaque fois qu'il bouge, je pivote pour qu'il frôle mes seins, ou je remue les fesses contre son érection. Je m'amuse beaucoup, les autres aussi. Húnn me fait un clin d'œil quand son frère commence à jurer. On dirait que le jeu ne se déroule pas comme prévu. Pauvre ours ! Il faudra peut-être que je le console, tout à l'heure. Je vois plusieurs façons de le faire.

Tu t'en sors bien, me félicite Alis. *Presque aussi sournoisement que je l'aurais fait.*

Je ne dirais pas que c'est sournois. Ce que je fais est évident.

Je regarde attentivement Torben pour voir si je remarque de la jalousie dans ses yeux, mais il rit de mes pitreries comme les autres. Alis avait raison. En tant que femme, c'est moi qui décide avec qui je veux être.

Et pour l'instant, j'ai les yeux rivés sur Ràn. Est-ce de l'avidité, sachant que j'ai déjà un partenaire et que j'ai embrassé un autre homme dans cette pièce ? Peut-être. C'est peut-être l'ourse en moi qui veut plus d'un homme.

Ne me reproche pas tout, petite humaine. Tu les voulais bien avant que je ne te rejoigne.

Oui, peut-être. Mais je n'ai pas eu le courage d'agir avant. Maintenant, j'ai une ourse en moi...

Tu me flattes.

Vraiment ? Ce n'était pas mon intention.

Je laisse Ràn tranquille et les regarde jouer. Pourtant, son érection ne disparaît pas, alors que j'arrête de me trémousser. Peut-être que ma théorie sur son excitation permanente était correcte...

Oh, arrête ! Embrasse-le ou fais autre chose, mais arrête de te plaindre et de douter de toi.

Je devrais écouter mon ourse intérieure. Elle dit qu'elle est vieille, peut-être que cela signifie qu'elle est sage. Je me retourne et surprends Ràn en pressant doucement mes lèvres contre les siennes. Il gémit et me rapproche immédiatement, il approfondit le baiser et prend le relais. Húnn se racle la gorge, probablement agacé par ma perturbation, mais je m'en moque éperdument. Son frère a un goût incroyable, comme le chocolat noir et la cannelle, légèrement terreux, très masculin. Je l'embrasse comme si j'étais affamée, je m'accroche à lui comme un singe. Ou un koala.

Il passe ses mains sur mon dos et un frisson me parcourt. J'ai tellement envie de lui ! Nos langues valsent, mais c'est lui qui mène la danse, c'est lui qui donne le rythme. Je le suis, me laisse dériver sur ce flot de désir. Ràn est un expert en la matière, il sait comment me rendre heureuse. J'enroule mes jambes autour de sa taille, je sens son érection contre mon ventre. S'il n'y avait personne dans la pièce, je lui arracherais son pantalon sans hésiter.

— Nous allons prendre congé, dit Arnold avec un petit rire.

Une seconde plus tard, la porte s'ouvre et se referme. Nos hôtes sont partis, ce qui m'épargne l'embarras de les embrasser devant eux comme une ourse en chaleur. Mais comment je pourrais résister à Ràn ? Il a une odeur, un goût incroyables et une me procure une sensation insensée. Il est différent de Torben, différent de Finn, il est unique à sa manière, séduisante.

Je passe mes mains dans ses cheveux courts, j'aimerais qu'ils soient plus longs pour pouvoir les saisir correctement. J'ai besoin de le sentir encore plus près, même si nos corps sont déjà pressés l'un contre l'autre et que nos langues sont entremêlées.

— Vous voulez qu'on parte ? demande Húnn.

Je suis occupée à embrasser son frère, je ne peux pas répondre, alors j'essaie de secouer la tête, mais ça se passe très mal. Je mords la lèvre de Ràn en bougeant, il gémit et m'embrasse encore plus fort. Est-ce qu'il a pris ça pour un encouragement ? Je devrais le mordre plus souvent ! Il a l'air d'aimer ça.

Húnn doit avoir compris mon geste maladroit, car personne ne bouge. Ils doivent nous observer, et dans mon esprit, je sens leurs regards dans mon dos, mais je m'en moque. Au contraire, j'aime leur présence. Je veux qu'ils regardent comment je me donne à Ràn.

Un souffle chaud effleure ma nuque, suivi de lèvres douces une seconde plus tard. Des baisers timides arrivent sur ma peau et me font gémir contre la bouche de Ràn. Encouragé, Húnn se déplace le long de mon épaule, descend mon haut le plus possible. Il laisse sur son passage des baisers entre ma clavicule et ma nuque. L'endroit où Torben m'a mordue. J'ai vérifié dans le miroir ce matin, je n'avais plus aucune trace. Soit je guéris plus vite maintenant que je suis une métamorphe, soit cette morsure avait quelque chose de spécial. Dans tous les cas, j'ai apprécié la douleur. L'euphorie, le lien. Je veux que Húnn le fasse. Je veux qu'il goûte mon sang, qu'il prenne une partie de moi. Et que Ràn fasse de même. Je veux fusionner avec les deux frères et être avec eux en même temps.

J'aime ta façon de penser !

— Alis ! crié-je, remarquant trop tard que ce n'est pas arrivé dans mon esprit.

Ràn lèche ses lèvres gonflées.

— Qu'est-ce qu'elle a dit ?

Je sens mes joues chauffer et rougir. J'avais espéré qu'en devenant métamorphe, je me débarrasserais de cette habitude gênante que mon corps a prise au fil des ans. Ce sont les adolescents qui rougissent, pas les femmes adultes.

Torben se lève et s'approche de moi. Il place un doigt sous mon menton et le soulève pour que je le regarde droit dans ses yeux bleu pâle. Ils sont toujours aussi perçants.

— Elle t'a dit d'arrêter ?

— Non, murmuré-je.

Mon embarras atteint de nouveaux sommets. Comment je

peux être si confiante à l'intérieur, mais devenir rouge et timide dès que je suis confrontée à mes désirs sexuels ? Reprends-toi, Isla. C'est l'occasion ou jamais.

Il sourit.

— Elle t'a encouragée ?

J'acquiesce, même si je ne retrouve toujours pas ma voix.

— Isla, on aurait probablement dû en parler avant... maintenant, mais les femelles ourses ne sont pas liées à un seul mâle. Elles...

— Je sais, le coupé-je. Alis me l'a dit.

Son sourire se transforme en quelque chose de différent. Moins amusé, plus empreint de désir. Comme s'il approchait de la fin de sa chasse et que sa proie était en vue.

— Et tu en penses quoi ?

Il me faut un moment pour mettre de l'ordre dans mes pensées. Je n'avais pas prévu d'avoir cette conversation de sitôt. C'est gênant.

— J'aime bien. Je vous aime tous. Je vous aime plus que tout. Et maintenant, je voudrais d'autres baisers, s'il vous plaît. De vous tous.

Torben s'esclaffe et se penche pour déposer un doux baiser sur mon front.

— Comme ça ?

Je grogne et il rit encore plus.

— Ne me mets pas en colère. Embrasse-moi. Comme il faut. Avec force. Maintenant.

— Plutôt comme ça.

L'instant d'après, ses lèvres sont sur les miennes et il m'embrasse comme s'il n'y avait pas de lendemain. Je suis toujours sur les genoux de Ràn, dont les mains se glissent sous mon haut. La bouche de Húnn est de nouveau sur mon épaule et mordille ma peau. Et Finn aussi est là, il embrasse mon sein droit à travers le tissu de mon t-shirt. Mes tétons sont gonflés et durs, ses attentions les rendent de plus en plus sensibles.

Un instant plus tard, mes vêtements ont disparu et sont étalés par terre. Je gémis lorsque leurs mains parcourent mon corps, toutes les sensations me donnent le vertige. Dans le bon sens, dans le très bon sens du terme. Je me laisse aller et profite de leur attention alors qu'ils me rapprochent de plus en plus du point de non-retour. Je perds la notion du temps et de l'espace ; seul leur toucher compte. Je commence à caresser leurs corps pour leur rendre la pareille, mais je me concentre sur ce sentiment qui s'agite en moi et qui promet l'épanouissement.

Lorsque Ràn se glisse enfin en moi, j'explose dès son premier coup de reins, je hurle d'extase. Mais ils doivent tous avoir leur moment, chacun d'entre eux doit me marquer de son odeur. Maintenant que je suis métamorphe, je prends conscience que ma proximité avec eux me change. D'autres ours pourront les sentir sur moi, et je porterai fièrement cette odeur, qui montrera que je n'ai pas seulement un, mais quatre partenaires. Je suis insatiable et mon cœur est assez grand pour les accueillir tous.

L'histoire d'Isla se poursuit dans Protégée par les ours, *le deuxième tome de la série.*

Vous voulez plus de romance avec un harem inversé et des métamorphes ? Découvrez Les Assassins à moustaches : Une série d'urban fantasy avec des chats métamorphes, des chatons mignons, de l'humour tordu, des cadavres et un slow-burn. Restez informé en vous inscrivant à ma newsletter : skyemackinnon.com/francais.

À PROPOS DE L'AUTEURE

Skye MacKinnon est auteure de best-sellers. Ses livres racontent l'histoire d'héroïnes qui n'ont pas d'autre choix que de s'impliquer.

Elle revendique avec fierté son héritage écossais, utilisant les fantastiques décors de son pays et une pointe de mythologie, que ce soit pour parler de dieux celtes, de chats métamorphes ou des rues d'Édimbourg.

Lorsqu'elle ne se trouve pas dans son café préféré pour écrire ses livres, Skye adore la mangue séchée, ainsi que les thés exotiques, dont elle a rempli son placard jusqu'à ce qu'il n'en rentre plus aucun sachet. Ce qu'elle aime par-dessus tout, c'est être recouverte des poils de son chat démoniaque.

skyemackinnon.com/francais

Newsletter :
skyemackinnon.com/newsletter-francais

DU MÊME AUTEUR

LES HIGHLANDERS DU STARLIGHT

Thorrn

Eron

Cyle

Les Highlanders du Starlight : tomes 1 à 3

LES VIKINGS DU STARLIGHT

Vikingr

Drengr

Berserkr

SOUS LA PROTECTION DES OURS

Sauvée par les ours

Protégée par les ours

Désirée par les ours

LES ASSASSINS À MOUSTACHES

Chat perché

Chat glacé

Attrape-chat

Chat échaudé

Langue au chat

Chat et souris

Chat fâché

L'Arbre à chat de Noël

Les Assassins à moustaches : tomes 1 à 4

Les Assassins à moustaches : tomes 5 à 7

Les Assassins à moustaches : tomes 1 à 7

FILLE DE L'HIVER

La Princess de l'hiver

L'Héritière de l'hiver

La Reine de l'hiver

La Déesse de l'Hiver